みこみこ
ill. 匈歌ハトリ
だから、私言ったわよね？
没落令嬢の案外楽しい
領地改革

「ローゼマリー……ごめんね。本当に大丈夫？」
ヴィオレット・グランベール

「平気よ。お姉様も頑張って」
ローゼマリー・グランベール

魔女見習いのリル
驚いて、瞬きをした次の瞬間。
そこに広がっていたのは、風に揺れる紫の絨毯。
まるで絵画の中から抜け出たような、美しいラベンダー畑。

カルロ・ランカスター
テオ・スカルスゲルド
「……」
「お初にお目にかかります。それで、本日は何の御用でしょうか？」

CONTENTS

だから、私言ったわよね？ 没落令嬢の案外楽しい領地改革

みこみこ
ill. 匈歌ハトリ

1章　前世を思い出しました

「ヴィオレット、ローゼマリー！　今晩夜逃げするぞ！」

父の言葉を聞いた瞬間、前世を思い出した。

ここより遥《はる》かに文明の発達した世界、日本という国で生きていた前世の私。

それから……。


「お父様、よにげってなあに？」

首を傾《かし》げているまだ11歳の妹。

ふわりとした桜色の髪。春の空のような水色の瞳《ひとみ》。そしてローゼマリーという名前。

(間違いないわ)

前世で読んでいた小説、『春風の恋人』の主人公だ。

伯爵令嬢として何不自由なく暮らしてきた主人公ローゼマリー。しかし、グランベール伯爵家は没落。一家で夜逃げをするものの、その道中盗賊に襲われ父と兄と姉は死亡。天涯孤独となり修道院に身を寄せたローゼマリーは、暗殺から逃れるため、女の子のふりをして身を隠していた王の隠し子ジュリアンと出会い愛を育んでいく……というストーリーだ。

(待って待って待って！　その姉って私よね？　それって、私今夜死んじゃうってこと⁉　私16歳になったばかりなのに……。ダメよ、ダメ！　夜逃げなんて絶対ダメ！)

「お父様！　夜逃げなんていけません！」

「しかしなぁ、ヴィオレット。今月中に金貨5万枚を返さないと、わしとエドワードは遠洋漁業の船に乗せられるし、お前達もいかがわしい店に売られてしまうのだ」

「金貨5万枚？　いかがわしい店？　一体、何でそんなことになってるんですか⁉」

情けない顔をした父が、答えづらそうに口をもごつかせる。

「じっ、実はだな……。数年前から、我が家が所有するダイヤモンド鉱山で宝石が採れなくなってしまったのだ。それで、隣国の商人から新しい鉱山を買ったのだが……」

「騙《だま》されて、宝石が採れない鉱山でも買わされたんですか？」

「いや。実はな、鉱山自体なかったのだ」

「もしかして……。確かめもせずに大金を支払ったんですか？」

「ヴィオレット、隣国はな、ものすごぉく遠いのだ。それに、鉱山を購入しさえすれば、向こうで宝石を採って送ってくれると言うし……」

(あきれたわ。そんなあからさまな詐欺に騙されるなんて！)

情けない顔をした父が、情けない声で話を続けた。

「我が家が経営するビクトワール宝石店は赤字続き。従業員の給料に店舗の維持費、屋敷の使用人にも給料を払わねばならないし、我々の生活にも金がかかる。最初はまっとうな金貸しに金を借りていたのだ。しかし返す当てがない。そのうちどこも貸してくれなくなってな。どうしようかと考えていたところに、鉱山の話が舞い込んで来たのだ」

「その偽鉱山に支払ったお金って、まさか……」

「そのまさかだ。闇金《やみきん》に金を借りたが最後、あれよあれよと利息が膨れ上がっていって……」

「気が付けば、金貨5万枚の借金というわけですね」

「そういうわけだ」

「……お父様、それグルですよ」

「ぐ……る？」

「鉱山の話を持ち掛けた詐欺師と金貸しはグルだったんです。共謀して、お父様に大金を借りさせたんですよ！」

「そんな！　わっ、わしとしたことが！」

情けない父の顔がますます情けなくなるので、しまいにはこっちまで情けない気分になってくる。

「騙されたことは、今更言ってもどうにもなりません。それより、こんなことになるまでどうして話してくれなかったのですか？」

「お前達は、亡き妻クラウディアの大切な忘れ形見。苦労をさせるわけにはいかん！」

（苦労させるわけにはいかん（キリッ）とか言っておいて、結局夜逃げする羽目になってるじゃない。おまけに、夜逃げしたら私達殺されちゃうのよ！）

ここまで借金が膨れ上がる前に、何とかする手立てはあっただろう。騙されたとわかった時点で、ビクトワール宝石店を閉店して売却するなり、屋敷をどうにかするなり、やりようはあったはずだ。だけど、父と兄は何の対策も講じず、借金が膨れ上がるのをただ傍観していたのだ。

頼りになる大好きなお父様とお兄様。ずっとそう思っていた。だけど、前世の記憶が蘇《よみがえ》った今ならわかる。

（この人達、善人だけど、頭の中がお花畑のポンコツだわ）

だけど、それは私も同じだ。今の今まで、こんな事態になっていることに気づきもしなかった。ただ、父と兄が与えてくれる贅沢《ぜいたく》を、何も考えず、何も見ようとせず、当たり前のように享受し続けていたのだ。感謝すらせずに。

7年前に亡くなった、母の姿を思い出す。

背筋を伸ばし、いつも堂々としていたしっかり者の母。たぶんこの家は、母がいたから何とかなっていたんだ。

ここまで来たら、夜逃げをしたほうが楽だろう。盗賊に襲われるのはわかっているのだから、避ける方法はきっとある。だけど……。

前世の記憶が蘇る。

前世の私の父も、善い人だったけど頭の中はお花畑だった。頼まれるままに友人の借金の連帯保証人になり、その友人は借金を踏み倒して逃げた。

私と私の家族は、闇金から逃げながら、貧しい生活を強いられたのだ。

（伯爵家の当主が借金を踏み倒して逃げる。そんなことになったら、どれだけの人に迷惑がかかるんだろう。前世の私の家族のように、苦しむ人がどれだけいるんだろう。死んでしまうからだけじゃない。そうじゃなくたって、夜逃げなんて絶対にしちゃいけないんだ）

「お父様！　幸い今日は月初め。まだ1ヶ月の猶予があります。夜逃げなんてせずに、やれることをやりましょう！」

「しかしだな、ヴィオレット。今月中に金貨5万枚だぞ」

「そうだぞ、ヴィオレット、返せなかったら大変なことになるんだぞ」

「お父様！　お兄様！　まだ何もしていないのに諦《あきら》めるのですか⁉　それでもグランベール伯爵家の当主と次期当主ですか？　二人とも……しっかりしなさい！」

「……クラウディア！」

「……母様！」

父と兄は、キラキラした目で私を見ている。

「私はお母様じゃない！」

それからは早かった。

まず国王宛に手紙を書き、屋敷と土地を売る許可を貰《もら》う。

次に、不動産屋を呼んで屋敷と土地の査定。

王都では、王城から近ければ近いほど土地の価値は上がる。この屋敷と土地は、ダイヤモンド鉱山からばかばか宝石が採れていた時代の三代前の当主が手に入れたもので、王城に近い。より王城に近い場所に住み替えたいという貴族は多く、すぐに買い手がついた。

それから、屋敷の装飾品に馬と馬車、宝石やドレスの処分だ。ただ売っただけでは大した額にはならない。そこで、屋敷でオークションを開くことにした。没落した貴族を見てやろうという冷やかしも多かったが、これがなかなかいい売り上げになった。

あとは、王都にある宝石店の売却。

王様の許可さえあれば売却できる個人の屋敷と違い、店舗の売却は手続きが面倒だ。そんな時はプロの手を借りる。宝石とドレスを売ったお金で腕の良い弁護士を雇い、面倒な書類を一任した。店があるのは王都の一等地。すぐに高値で売却のめどがついた。

それから、屋敷の使用人と宝石店の従業員と職人に退職金を払い、父に全員の紹介状を書かせた。

最後は、グランベール伯爵家が所有する領地だ。これは、以前から我が家の領地を欲しがっていた隣の領地の領主、ドレーゼン子爵に譲ることになった。

書面のやり取りで終わらせることもできたが、父は自らドレーゼン邸に出向き、頭を下げた。

「どうか、領地民のことを宜《よろ》しく頼む」と。

それが、グランベール伯爵家当主として、父が最後にした仕事だ。全《すべ》ての処理が終わった後、父は伯爵の爵位を王家に返上した。

そして月末。闇金に金貨5万枚を返す。

それから、闇金に手を出す前に世話になっていた金貸しにもお金を返し、我が家は無一文になった。

宿なし、職なし、一文なし。

（お先真っ暗ね）

だけど、不思議と絶望はしていない。

私達はやりきったのだ。


「お父様、これからどうしたものかしら？　私達家なしの一文なしよ」

「それなんだがな。実は家が一軒あるのだ。この屋敷とは比べ物にならないくらい小さい家だがな」

「家って何処にあるんです？」

「オリバー村だ」

「だけど、領地はみんなドレーゼン子爵に渡したはずじゃ？」

「それが、ろくに作物も獲れない土地はいらないと、ドレーゼン子爵に突き返されてな」

「ということは、オリバー村は今もお父様の領地ということですか？」

「そういうことだ。実はな、王に伯爵位を返しに行ったら、代わりに男爵位をくれたのだ」

「つまり？」

「つまり、わしはグランベール男爵で、オリバー村はたった一つのグランベール男爵領だ。そこでだ。皆で行ってみないか？　オリバー村に」

オリバー村。夏でも肌寒い気候で、ろくに作物が採れない見捨てられた村。

だけど、私達は宿なし、職なし、一文なしだ。

「行きましょう！　オリバー村に」

（あっ！　その前にやらなきゃいけないことが残っていたわ）

グランベール伯爵家の馬車はもうない。私が徒歩で向かったのは、ローゼンクランツ伯爵邸。

私の婚約者、いや、元婚約者の屋敷だ。


薄茶色の髪に黄瑪瑙《めのう》の瞳。

シャルル・ローゼンクランツ。

私の婚約者だった人。

父とローゼンクランツ伯爵の間で婚約破棄の書類は交わされ、すでに私達の婚約は破棄されている。

けれど、6年も婚約していたのだから、最後の挨拶《あいさつ》をするのは礼儀だろう。

シャルルが私のティーカップに紅茶を淹れてくれる。

シャルルの父と私の父が、二人で取り決めた婚約だった。恋《こ》い焦《こ》がれたことなどない。だけど、穏やかで争い事が嫌いなシャルルとなら、良い夫婦になれると思っていた。

（とにかく謝らないとね）

口を開こうとしたその時、大きな音を立てながらドアが開く。

「エリーザ⁉」

入ってきたのは、私の親友エリーザだった。

挨拶もしないまま、長椅子《ながいす》に座るシャルルの隣に、当たり前のように腰を下ろすエリーザ。何故《なぜ》だろう。私の隣も空いているのに。

（……？　まあいいわ。とにかくシャルルに謝らないと）

「シャルル。こんなことになってしまってごめんなさい」

「いいんだ、ヴィオレット。こちらの方こそ、今までありがとう」

その時、エリーザが、自分の腕をシャルルの腕に絡《から》ませた。

「はっ？」

困惑した自分の声が、他人の声のように耳に届く。

「悪いわね、ヴィオレット。こういうことなの」

シャルルの肩に、ちょこんと頭を乗せるエリーザ。

（こういうことって、どういうことよ！）

私とシャルルの婚約は、つい2週間前に破棄されたばかりだ。それなのに、この二人はもう付き合い始めたというのか。

「あっ……！」

思い返してみれば、この数ヶ月の間、シャルルは私の顔をまともに見ようとしなかった。以前なら、月に一度の茶会の他に、街へ買い物に行ったりピクニックに行ったりしていたのに、この数ヶ月はそんなお誘いもなかった。何故かと尋ねると、最近忙しいんだと言って目を逸《そ》らしたシャルル。あの頃から、二人は良い仲になっていたのだろう。

シャルルは気まずそうに顔を伏せている。そして、勝ち誇った顔をしたエリーザ。

(親友だと思っていたのに……)

エリーザは、たった一人の私の友人だった。そして、エリーザのたった一人の友人も私だった。

私達は、誕生日会に呼ぶ友達も、誕生日プレゼントをくれる友達も、お互いしかいなかった。勝ち気で物怖じしないエリーザは、いつも私を引っ張ってくれたし、私の知らない世間の話題を教えてくれた。

だけど……。

(本当にそう？　よく思い出してヴィオレット)

目を閉じて、記憶を手繰り寄せる。

(そうだった。エリーザって、元々こんな子だったわね)

勝ち気で物怖じしないのは、無礼で貴族が守るべき礼節を欠いていただけだし、世間の話といっても、ただ人の噂話ばかりしていただけだ。

出会った時もそうだった。

エリーザと出会った時、私には仲の良い友人が二人いた。カトリーヌとアニエス。エリーザは、そんな私達の間に無遠慮に入ってきたのだ。

最初はみんなで遊んでいたけれど、思ったことをすぐ口にし、自分の話ばかりするエリーザを、他の子達は避けるようになった。私までそうすれば、エリーザは一人ぼっちになってしまう。そう思いエリーザと一緒にいると、私まで避けられるようになった。おかげで、私が友達と呼べるのはエリーザ一人だけになってしまったのだ。

だけど、それでいいと思っていた。たった一人でも、親友と呼べる子がいるんだからと。

今、この瞬間までは。

(こんな子を親友と思っていたなんて、前世を思い出す前の私って、本当に頭の中がお花畑だったのね)

前世を思い出す前の私だったら、きっとこの場で泣いていただろう。泣いて、取り乱して、シャルルとエリーザを責めていた。

きっと、エリーザはそうさせたかったのだ。

シャルルの目に最後に映る私が、惨めで憐れなヴィオレット・グランベールであればいいと。

(だけど、あなたの思い通りになんてさせないわ)

「二人がそんな関係だったなんて、全然気づかなかったわ。おめでとう。祝福するわ」

そう言って、にっこり笑ってみせる。シャルルはますます気まずそうにうなだれ、エリーザは悔しそうに顔を歪《ゆが》めた。

（これは、さっさと退散した方がよさそうね）

「そろそろ失礼するわ」

「待って、ヴィオレット」

立ち上がろうとする私を、シャルルが引き止める。

ポケットからハンカチを取り出し、テーブルの上で広げるシャルル。ハンカチに包まれていたのは、黄瑪瑙が嵌《は》め込まれた純金の指輪だった。

「これを持っていってほしい。何かの足しになるだろう」

それは、私とシャルルが婚約した時、私の父が用意した婚約指輪だった。サファイヤが嵌め込まれた私の指輪は、すでに借金のかたになっている。

「シャルル……。本当にいいの？」

「ああ。ヴィオレット、これは君のものだ」

エリーザの前で受け取るのは癪《しゃく》だけれど、売れば金貨数枚は手に入る。一文なしの私にとって、これほどありがたいものはない。

「ありがとう、シャルル」

指輪を受け取り、ドアの前に立つ。渾身のカーテシーをして部屋を後にした。

「ヴィオレット！」

門に向かって歩いていると、エリーザが追いかけてくる。

「惨めねヴィオレット。そんなみすぼらしい服なんか着ちゃって。爵位が下がった上に、婚約者の浮気《うわき》を突きつけられるなんてね。あっ、元婚約者ね。その上、その元婚約者に施しを受けるなんて……。私だったら恥ずかしくて泣いちゃうわ」

エリーザは、いつも何かに怒っていて、眉間に皺《しわ》を寄せながら文句ばかり言っている子だった。こんなに嬉《うれ》しそうに笑う顔を、今初めて見たくらいだ。

「これでわかったでしょう？　私とシャルルは愛し合ってるの。私達の前に二度と現れないでよね！」

「わかったわ、エリーザ。だけど本当にいいの？」

「何が本当にいいのよ！　強がってるんじゃないわよ！」

「そうじゃなくて……」

（まあ、エリーザがいいならいいか。もう親友じゃないんだし、教えてあげる義理なんてないわよね）

「もう行くわ。さようなら、エリーザ」

まだ何か言いたげなエリーザを無視して、足早にその場を去った。

（絶対に振り向かない。あなたがどうなろうと、私には関係ないわ）

その足で、シャルルから受け取った指輪を宝石店に売りに行く。指輪は金貨3枚・銀貨6枚で売れた。

（助かったわ！　これで馬車を借りて御者を雇えるわね）

次の朝、私達は王都を発《た》つ。

実は、兄のエドワードが王宮の仕事に就くことが決まった。グランベール家が、借金の後始末を投げ出さず、最後まで責任を取って行ったことを評価してくれた人がいて、声をかけてくれたのだ。

「ありがとう、ヴィオレット。あの時夜逃げしていたら、王宮の仕事に就くことなんて叶《かな》わなかったよ」

「お兄様、本当に良かった！」

「最初は寮暮らしだけど、頑張って働いて、みんなで暮らせる屋敷を建てるからね。それまで、どうか父さんとローゼマリーを……うっ……！」

「うぅ……エドワード！」

抱き合ってむせび泣く父と兄。本当に似た者親子だ。

（ところで、何か大事なことを忘れているような……）

その時、

「お姉様、あのおんぼろ馬車で行くのですか？」

ローゼマリーが、私のワンピースの袖を引っ張る。

「あっ！」

（しまった！　借金を返すことで頭がいっぱいで、すっかり忘れていたわ！）

ローゼマリーが修道院で王の隠し子ジュリアンと出会わなければ、この世界が存在するための物語が始まらない。

「お父様！」

「どうしたヴィオレット、青い顔をして」

「お父様、オリバー村にローゼマリーは連れて行けません。見捨てられた土地といわれているあのオリバー村ですよ。お父様や私はいいのです。だけど、成長期のあの子にひもじい思いなんてさせられません。お父様もそう思いますよね？」

「しかし、今日の今日で一体どうするというのだ」

「オリバー村に行く途中に、アントワーヌという村があります。その村の修道院に預けましょう」

「エドワードと離れる上に、ローゼマリーとも離れ離れになるのか」

「大丈夫です。オリバー村が、飢える心配のない安全な村だとわかったら、すぐに迎えに行きましょう。それまでは、修道院にいた方があの子のためです」

「まあ、お前がそこまで言うのなら……」

渋々といった様子で承諾する父。

アントワーヌ村にある修道院は、王の隠し子ジュリアンが暮らしている修道院だ。これでローゼマリーとジュリアンは出会うことができる。

（ふぅ、何とか言い包《くる》められたわね）

グランベール邸は、明日には人手に渡る。二度と訪れることはないだろう。

最後まで屋敷に残った、数人の使用人が見送ってくれた。

「ご主人様、お嬢様方、どうかお元気で」

「このお屋敷で過ごした日々は忘れません。ありがとうございました」

「それから、これを持っていってください」

使用人がくれたのは、パンの入った紙袋。

「ありがとう。みんなもどうかお元気で！」

こうして、私達はオリバー村を目指して旅立った。

2章　いざ、見捨てられた村へ

王都を出て1日が過ぎた。

乗り慣れた貴族用の馬車とは違い、格安で借りた古い馬車の乗り心地は最悪だ。

だけど、私達の全財産は、シャルルがくれた指輪を売って手にした金貨3枚・銀貨6枚だけ。

この世界の金貨1枚は、前世のお金に換算すると1万円、銀貨1枚は千円だ。つまり、私達の所持金は3万6千円。一文なしになった私達にとっては大金だが、御者を雇えば、古い馬車を借りるのが精一杯だったのだ。


到着したのは、アントワーヌ村のリプレット修道院。王の隠し子ジュリアンがここで暮らしているはずだ。

「ローゼマリー！　落ち着いたら、必ず迎えに来るからなぁ！」

ローゼマリーを抱きしめながら、父がさめざめ泣いている。一方で、状況をわかっているのかいないのか、すんとした顔で澄ましているローゼマリー。

家族を失い天涯孤独の身となった『春風の恋人』のストーリーとは違い、今のローゼマリーには私達家族がいる。本来なら、修道院で暮らす必要はない。

勢いでここまで来たものの、いざ別れの時になると不安が押し寄せてきた。本当にこれが正しい選択なのか、他に道はないのかと。

要は、小さな妹を一人で置いていくのが心配で、胸が張り裂けそうに痛かったのだ。

前世の記憶を思い出したからといって、16年間生きてきたヴィオレット・グランベールの人生が消えたわけではない。そして小さな妹ローゼマリーは、かけがえのない存在としてその人生の中にいたのだ。

（離れ離れになるのが淋しいからって、弱気になっちゃダメよヴィオレット。ローゼマリーは、絶対に修道院で暮らさなければならないんだから）

ローゼマリーはこの世界の主人公。

脇役《わきやく》の私達ならば、生きようが死のうがこの世界には何の影響も及ぼさないだろう。だけど、ローゼマリーとジュリアンは、この場所で必ず出会わなければならないのだ。

（大丈夫よ。建物も綺麗《きれい》だし、シスター達も優しそうじゃない。それに、原作にローゼマリーが修道院でつらい思いをする描写なんてないんだから）

そう自分に言い聞かせてみるものの、頭では納得できても心はそうはいかない。気がつくと、涙がボロボロと零《こぼ》れ落《お》ちていた。

「ローゼマリー……ごめんね。本当に大丈夫？」

泣きべそをかきながら問いかけると、ローゼマリーはあっけらかんとした調子でこう言った。

「平気よ。お姉様も頑張って！」

それから、再びすんと澄ました顔をする。

（ローゼマリーって、こんな子だったっけ？）

「お父様、お姉様、私は大丈夫ですから早く出発してください！」

ローゼマリーに促された私と父は、それから泣く泣くリプレット修道院を後にしたのだった。


その後、馬車はオリバー村を目指して出立した。オリバー村までは、更に１日馬車に揺られなければならない。

（ああ、おしりが限界よ！　でも仕方がない。頑張るわ！）

おしりの痛みに耐えながら馬車に揺られ、６時間ほど経過した時のことだった。

馬の嘶《いなな》きがこだまし、馬車が急停止した。

「どうしたのだ⁉」

慌てた様子の御者が、申し訳なさそうに謝る。

「申し訳ありません！　人が倒れているのです」

「何だと！」

父と二人、急いで馬車を降りる。

倒れていたのは、黒のローブに身を包んだ年端もいかない少女だった。

「とにかく馬車に乗せよう。手伝ってくれ」

「はい！」

父と御者が、少女を抱えて馬車に運ぶ。

口に水を含ませると、少女が目を開けた。綺麗なローズピンク色の瞳《ひとみ》が、驚いたようにぱちぱちと瞬きを繰り返す。それから、くりくりとした目を忙《せわ》しなく動かし、馬車の中を興味深そうに見渡した。意識ははっきりしているようだ。

「起きられるか?」

「……うん」

父が少女を抱き起こすも、声に元気がない。

「もしかして、お腹《なか》がすいているのかしら?」

「それなら、このパンを食べなさい」

父は、最後のパンを少女に手渡した。

「いいの?」

「遠慮せずに食べるといい」

くんくんと匂《にお》いを嗅いだ後、少女がパンにかぶりつく。ぷくぷくしたほっぺたを膨らませて、もぐもぐと食べる様子が小リスみたいで可愛《かわい》い。その隙に父に耳打ちをする。

「お父様、この子どうしましょう。ここへ置いていくわけにもいかないですし」

「連れて行くしかないだろう」

「だけど、オリバー村に行ったってどうなるかわかりませんよ? この子のためにも修道院へ戻った方がいいのでは?」

「しかしなあ、今から戻るというのもな」

父が、御者の方に目を遣《や》る。

予定になかったリプレット修道院に急遽《きゅうきょ》立ち寄ってもらったのだ。6時間かけて修道院に戻りたいとはとてもじゃないが頼めない。それに、もう前金を支払っている。御者にへそを曲げられて、仕事を放棄されるのだけは避けたい。

「仕方がありませんね。とりあえず連れて行きましょう」

「ああ、そうしよう」

夢中になってパンを頬張《ほおば》る少女に尋ねる。

「あのね、私達、今からこの先のオリバー村に行くの。一緒に来る？　また倒れたら大変でしょ？」

「うーん……。うん、一緒に行く」

「名前は？」

「リル」

「歳《とし》はいくつ？」

「10歳」

「こんな人気《ひとけ》のない場所で何をしてたの？」

「リルはね、旅をしてるんだ」

「旅!?」

（こんな小さい子が？　一人で？　旅？）

だけど、ありえない話じゃない。

平民の中には、7歳くらいから働き始める子供もいる。親元を離れて働いている子供だって大勢いるのだ。

それに、何か事情があるのだろう。両親を亡くし、身よりもなく一人で旅をしているのかもしれない。

(詮索するのはやめよう。私達だって、自慢できるような身の上じゃないんだから)

新たにリルという少女が加わり、私達は再びオリバー村を目指したのだった。


そして翌朝、馬車はオリバー村に到着した。

「ここがオリバー村?」

(これは……何ていうか……。前世の言葉で言うなら、マジ? ってやつね)

木造の小さな家が三軒。小さな畑らしきものと小屋。少し離れたところに、白い壁の比較的大きな家が立っている。後は大小の木が数本。それ以外は何もない。

殺風景オブ殺風景、そんな感じだ。

(さすが、見捨てられた村といわれるだけあるわね)

白い壁の家が父の所有する家だ。前の屋敷とは比べ物にならないくらい小さいけれど、外観も家の中も小綺麗で安心する。

荷物、といってもトランク数個を家の中に運び込む。

「うわ〜、大きくて素敵なお家だね」

リルが、ローズピンク色のくりくりした瞳を輝かせている。

「リルの部屋も用意するから、好きなだけ泊まっていくといいわ」

「いいの？　ありがとう！」

その時、視線を感じて窓の方を見る。

「子供？」

小さな子供が、窓にへばりついて家の中を覗《のぞ》いていた。すぐに一人増えて、二人で顔を寄せ合いながら、窓にへばりついている。

「おじいちゃん！」

片方の子供が、窓からひょいと顔を離すと、玄関の方を見て声を上げた。

「これはこれは、当主様ではありませんか！」

人の良さそうな初老の男性が、玄関に立っていた。

「ご無沙汰しております、当主様」

「村長！　長い間顔も見せずにすまなかったな」

「いえいえ、お元気そうで何よりです。ところで、今日は突然どうされたのですか？」

父は、ここに来ることになった経緯を掻《か》い摘《つま》んで話した。

「それはそれは、ご苦労をされましたね」

「すまないが、しばらくこの村でやっかいになるよ。村の者達には決して迷惑をかけないから、どうか心配せんでほしい」

「何を仰《おっしゃ》いますか当主様。当主様はこの村の村人を思い、税を免除して下さったではないですか。おかげで、私達はここまで生きてこられたのです。どうかその恩返しをさせて下さい。早速、今夜歓迎会を開きましょう」

村長は、私達を心から歓迎してくれているようだ。

父は苦しい領地から税は徴収せず、まともに税が徴収できる領地でも、徴収した税は全てその土地のために使っていた。それは、我が家が困窮し、没落の一途を辿っても最後まで変わらなかった。

（お父様ってば、頭はお花畑だけど、領地民にとってはいい当主だったのよね）


掃除に数日はかかるだろうと覚悟していたけれど、村人達が定期的に掃除をしてくれていたらしく、簡単な掃除と片付けで引っ越しは終わった。

その夜、村長の家で、私達の歓迎会が開かれた。

「父のことはみなさんご存じでしょうが、私はお初にお目にかかります。ヴィオレット・グランベールと申します。気軽にヴィオレットと呼んでください。それからこの子は……。遠い親戚の子でリルといいます。どうか、リル共々よろしくお願いします」

挨拶をすると、集まった村人達が拍手をしてくれる。

「こちらも自己紹介させて下さい。私は村長のアンソニーと申します。これは娘のハンナで、隣は娘の夫のイアン。ちび二人は私の孫で、ヘンリーとショーンといいます。さあ、お前達も挨拶しなさい」


グランベール邸を覗いていた二人の子供が、元気に立ち上がった。

「ヘンリー、6歳です！」

「ショーンです！　4歳です！」

「それからこっちは……」

「私はスザンナです。それから……」

「どーも、息子のケビンです。22歳です。こっちはジェシカとナタリーとマドレーヌの三姉妹」

「ちょっと！　勝手に紹介しないでよ。私は長女のジェシカ、24歳独身です」

「次女のナタリーです。こっちは妹のマドレーヌ。ちょっと人見知りなの」

「……マッ、マドレーヌ……です……」

「さあさあ、自己紹介はこの辺にしましょう。たいしたものはありませんが、たんと召し上がってください」


実は、さっきから気になっていた。テーブルに載っていたのは、じゃがいも、じゃがいも、じゃがいも、どこを見てもじゃがいもだらけ。

「じゃがいも……ですね」

それ以上言葉の出ない私に、村長がたいしたことではないかのように語りかける。

「はい。この村では、どういうわけか、農作物はじゃがいもしか採れません。他の作物も育てようとしましたが、収穫できたのはじゃがいもだけでした」

「みなさんは、どうやって収入を得ているのですか？」

「女性陣は、隣町から繕い物の仕事を貰《もら》っています。イアンとケビンは隣町の夜警の仕事に就いていますが、その賃金は、生活必需品と薪を買うのに消えてしまいます。そこで、じゃがいもを育てて食料にし、こうして集まって食事をして、みんなで助け合いながら暮らしているのです」

「じゃがいもが採れるなら、じゃがいもを売らないのですか？」

「売ろうとしたこともあったのですが、じゃがいもはどこの村でもたくさん採れますからね。しかし、じゃがいもだけは売るほどありますので、食べるのには困りません。どうぞご安心下さい」

にこやかに話す村長に、悲観する様子はみじんもない。

（そうは言っても、毎日じゃがいもじゃね。小さい子もいるのに……。あっ！　このじゃがいも使えるんじゃない？　じゃがいもと油があればポテトチップスが作れる。じゃがいもは売れなくてもポテトチップスなら売れるんじゃない？）

「お父様、隣町は、今はドレーゼン子爵領ですよね？　私が隣町で商売をするのに問題はあるのでしょうか？」

「ふむ。オリバー村の村人がドレーゼン子爵領で働く許可は貰っている。市場で商売をしても問題はないだろう」

（それなら、隣町の市場でポテトチップスを売れば……）

その時、新しい料理が運ばれて来た。

「さあ、こちらも召し上がってくださいな。揚げポテトですよ」

テーブルに置かれた料理を見て、私は思わず固まってしまう。

(これって、ポテトチップスじゃない！)

ポテトチップスを運んで来たハンナが、固まる私に教えてくれた。

「王都に住む平民の間で流行《はや》っている料理だそうですよ。この間、隣町の知り合いに作り方を教えてもらったんです。簡単に作れるのに美味《おい》しいと、隣町でも評判になっているそうで」

(何で？　何でこの世界にポテトチップスがあるわけ？)

父は、早速ポテトチップスを頬張っている。

「おお！　パリパリとした何とも良い食感だ！　塩っけが利《き》いていてとても美味《うま》い！　ヴィオレット、難しい顔をしていないでお前も食べてみなさい」

そう言って、私の口元にポテトチップスを持ってくる父。

「んー！」

前世ぶりに食べたポテトチップスは、涙が出るほど美味しかった。


夜が更けて、歓迎会はお開きになった。グランベール邸に戻り、リルを部屋に案内する。

「ヴィオレット、この部屋使ってもいいの？」

「もちろんよ。ねぇ、リル。さっき村長さんが言った通り、この村にはじゃがいもしかないけど、それで良かったらいつまででもいていいんだからね」

「ありがとう。リル、この村も揚げポテトもとっても気に入ったよ」

「それなら良かった」

リルにおやすみなさいを言い、自分の部屋のベッドに体を沈めた。

(みんないい人達で良かった。それに飢える心配もない。だけど……)

今日会ったばかりの村人達の顔が、次々に思い浮かぶ。たった10人の村人。じゃがいもしか育たない、見捨てられたオリバー村。

グランベール男爵家は、この村の当主だ。

当主は、領民のために最善を尽くすのが仕事。

だけど、今の私達は何て無力なんだろう。


ポケットの中から、小さな巾着を取り出す。巾着の中に入っているのは、鈍く光る1枚の銀貨。

御者と馬車代に金貨3枚・銀貨5枚を払い、手元に残ったのがこの銀貨1枚だ。これが、今の私の全財産。

銀貨を見つめながら思う。

(たった1枚の銀貨。この銀貨1枚で、私にできることがあるんだろうか)


次の日。ジェシカとナタリーとマドレーヌの三姉妹に、村の中を案内してもらう。

じゃがいも畑は、村長の家とスザンナの家の間にある。隣にあるじゃがいも倉庫には、一年分はあろうかという量のじゃがいもが、箱に入って積まれていた。

「じゃがいもしか育たないのは、やっぱり土に問題があるのかしら？」

「それなんですけどね」

ジェシカが答える。三姉妹の長女であるジェシカは、しっかり者という印象で、よく通る声ではきはきと話す。

「村長さんが言うには、土とか気候とか、色んな問題が絡《から》み合《あ》っているんじゃないかって。隣町の市場で土を買って、ほかの作物をプランターで育ててみたこともあるんです。だけど、やっぱりじゃがいも以外は育ちませんでしたから」

「土だけの問題ではないということね。それにしても……。なんというか、この村は殺風景ね」

「前は花壇もあったんですよ。あんまり殺風景なんで、花の苗を何種類か植えてみたんです」

「花はちゃんと咲くの？」

「花は咲きます。ここは夏でも涼しいですから、寒さに強い花なら綺麗に咲きますよ。だけど、花はお腹の足しになりませんからね。枯らしてしまってそのままです」

「そうなのね。ところで、ジェシカさん達はずっとこの村に住んでいるの？」

「子供の頃に流行り病で両親が死んでしまって、祖母を頼ってこの村に来ました。それからずっとこの村です。去年祖母が亡くなって、村を出ていくことも考えました。だけど離れがたくて。この村には祖母が眠っているから」

「あたし達みんな、おばあちゃん大好きのおばあちゃんっ子だったんだよ」

ナタリーが、ジェシカの肩越しにひょっこりと顔を出す。好奇心旺盛そうな瞳をした次女のナタリーは、細かいことを気にしない、思ったことを明け透けに話す印象だ。

「ねっ？　マドレーヌ」

「………………」

コクリと頷《うなず》くマドレーヌ。自己紹介でナタリーが言っていた通り、三女のマドレーヌはかなりの人見知りのようだ。それでも、昨日の歓迎会の間、私達の皿が空になる度に、もっと食べてと言うように料理をのせてくれたのはマドレーヌだ。人見知りのマドレーヌなりに、私達を歓迎してくれたのだろう。

「ちょっとナタリー！　ヴィオレット様は当主様のお嬢様なのよ。口の聞き方には気をつけて」

「いいじゃない。お姉ちゃんだってお友達になりたいって言ってたくせに」

「ナタリー！」

「いいのよジェシカさん。私の方が年下なんだから、敬語も必要ないし気軽に呼んでちょうだい」

「それじゃあ、ヴィオちゃんって呼んでもいい？」

「ナタリー！」

「ヴィ、ヴィオちゃん……。も、もちろんいいわ」

「それじゃあ、ヴィオちゃんで決まりね。マドレーヌも呼んでみて」

「ヴィ……ヴィオ……ちゃん……」

「もう、あんた達ったら。すみません。ヴィオレット様」

「ジェシカさんもそう呼んでよ。私もジェシカって呼ぶから」

「……ごめんなさい。無理です。敬語を使わないのも無理です。ヴィオレット様に対して何かあるとか、そういうんじゃないんです。ただ、こういう性分なんですよ。秩序を守らないと落ち着かないっていうか。親しき仲にも礼儀ありっていうでしょ？　もちろん、私のことはジェシカって呼んでください。私はヴィオレット様って呼びますけど、心の中ではヴィオちゃんって呼びますから」

「わっ、わかったわ」

（それって、面と向かって呼ばれるより照れくさいじゃない！）


涼しい気候のオリバー村だが、しばらく歩いていると額に汗が滲《にじ》んでくる。

「それじゃあ、ジェシカ達は、お祖母様のことを想ってこの村に住み続けているのね？」

「はい。村長さん一家も同じです。村長さんは、奥さんが眠るこの村をなくしたくないんです。誰も住まなくなったら、オリバー村はなくなってしまうから。それをわかってるから、娘のハンナさん達もこの村にいるんだと思います」

「スザンナさん親子は？」

「スザンナさんはね、まだケビンが赤ちゃんの頃に、旦那さんが亡くなったの」

「乳飲み子を抱えて女手一つで働くのは、想像以上に大変だったと思います。それで、知り合いだった村長の奥さんを頼って、この村で暮らし始めたそうです」

「みんな、それぞれ事情があるのね」

「そうだよ。だから、みんなで助け合って暮らしてるんだ」

そう言って、ナタリーがジェシカとマドレーヌの腕を引き寄せる。くすくすと笑いながら、ひっつき合って歩く三姉妹。

(ここの人達は、みんな逞《たくま》しいのね)

見捨てられた村、その村で、悲観することなく助け合いながら暮らしているのだ。

(この村を良くしたい)

心からそう思った。

(村のみんなが笑って暮らせるように。じゃがいも以外の食べ物もお腹いっぱい食べられるように。そして、二度と見捨てられた村なんて呼ばれないように)

ポケットの中の巾着から、銀貨1枚を取り出して空にかざす。日の光を反射して、輝きを増す銀貨を見ながら決意する。

「決めたわ。私、この銀貨1枚で、この村を豊かにしてみせる!」

(そうと決まれば、善は急げよ)

先を歩く三姉妹に声をかける。

「ジェシカ、ナタリー、マドレーヌ、聞きたいことがあるの!」

振り返った三姉妹は、そっくりな顔で首を傾げた。

「隣町で流行っている店ですか?」

私の質問に、うーんと考え込むジェシカ。そんなジェシカを他所《よそ》に、ナタリーが閃《ひらめ》いたと言うように声を上げた。

「あの店じゃない？　大通りにあるパーマのお店！」

「パーマの店？」

「うん。最近出来たばっかりなんだけど、お金持ちの家の奥さんや職業婦人の間で流行ってるんだって」

（王都に何店舗かあるのは知ってたけど、地方にも進出してきたのね。パーマか……。そうだわ！　あれなら！）

次の日、繕い物を届けるジェシカにくっついて隣町に行く。隣町までは徒歩で1時間程だ。ジェシカが繕い物を届けている間に、市場で買い物をした。

買ったのは、ジャーマンカモミールの茶葉、はちみつ、リンゴ酢、小さな硝子瓶《がらすびん》。それで銀貨1枚を使い切った。

グランベール邸に戻り、買ってきた材料で〝あるもの〟を作る。そして翌日、再び隣町へ向かった。

目指したのは、昨日ジェシカから場所を聞いておいた、大通りにあるパーマネント専門店。

中をそっと覗く。小さいが小綺麗な店の中には、大きなドレッサーが4基。その前には座り心地の良さそうな椅子《いす》が置かれている。そのうち客が座っているのは一脚のみ。ナタリーが言っていたような、流行っている雰囲気は皆無だ。

この世界のパーマは、熱した棒に毛髪を巻きつけてウェーブを作るやり方だ。

初めは王都の貴族の間で流行し、次第に裕福な平民の間にも広まっていった。この店も、町に住む裕福な平民を顧客にしているのだろう。

しかし、熱した棒を巻きつけるだけのパーマは、一度洗えば取れてしまうし湿気にも弱い。そのため頻繁にパーマをあてる必要があるのだが、熱した棒に何度も巻きつければ当然髪は傷む。恐らく、髪が傷んだためにパーマをあてるのを止めた顧客が出てきている頃なのだろう。

王都と違い、地方の小さな町に住む富裕層の数は限られている。今いる顧客の足が遠のけば、店が立ち行かなくなるのは時間の問題だ。

施術を終えた客が出ていったのを確認し、店の中に入る。店内には人の良さそうな中年の男性が一人。店主に間違いなさそうだ。

「お忙しいところ申し訳ありません。私はヴィオレット・グランベールと申す者です」

「グランベール……。もしや、前当主様のお嬢様でいらっしゃいますか?」

「その通りです」

「これはこれは、ようこそいらっしゃいました。パーマネントをご希望でしょうか?」

「いいえ、今日は、店主に見ていただきたいものがあって参りました」

「見て頂きたいもの?」

店主がゴクリと喉を鳴らす。その後バックヤードに案内され、小さなダイニングセットに、店主と向かい合わせで腰を掛けた。

「それで、見てほしいものというのは……」

汗を拭きながら、緊張した面持ちで尋ねる店主。私は、テーブルの上に〝あるもの〟を置いた。

「見て頂きたいものはこちらです」

「これは……、何なのでしょうか？」

「これは、ヘアリンスです」

「へあ……りんす？」


カモミールの茶葉とはちみつとリンゴ酢で作った〝あるもの〟。それがこのヘアリンスだ。

通常の倍の濃さのカモミールティーを作り、はちみつとリンゴ酢を混ぜ入れ、茶漉《こ》しで漉すだけで作ることが出来る。

カモミールとはちみつがダメージを受けパサパサになってしまった髪にうるおいを与え、リンゴ酢が頭皮のpHを弱酸性に保つので髪も頭皮も健康になるのだ。

何故そんなことを知っているのかというと、それは前世の私の趣味に関係している。

前世貧乏だった私の唯一の趣味は、図書館で雑誌を読むことだった。図書館は凄い。その月発売される雑誌を無料でじっくり読むことが出来るのだから。

そして、女性誌には頻繁にアロマテラピー特集が掲載されていた。このヘアリンスは、雑誌に載っているのを見て作り方を覚え、母の誕生日にプレゼントしたことがあるので記憶に残っていたのだ。

ヘアリンスの入った小瓶を不思議そうに見つめている店主。私は話を続けた。

「店主、パーマネントは、王都を中心に今大変な人気だそうですね？　この店も裕福な御婦人や職業婦人を顧客にしているのでしょう。しかし、最近客足が減ってきているのではないですか？」

「なっ、何故それを……！」

「何度もパーマをあてれば髪は傷みますから、客足が遠のくのは当然の結果です。椿油をつければ傷みや乾燥は改善されますが、根本的な解決にはなりません。それに、椿油をつけた髪はパーマがかかりにくいのではないですか？」

「そっ、その通りです！」

この世界では、髪に椿油をつけるのが一般的だ。髪が傷めば、当然椿油をベタベタになるまで塗りたくる。

しかし、椿油をつけた髪は樹脂のような皮膜で覆われるため、皮膜毛と呼ばれる状態になる。そして皮膜毛になった髪はカールがつきづらくなるのだ。

パーマをあてれば髪は傷み、髪が傷んだ客は椿油を塗りたくる。椿油を塗りたくればパーマはかかりにくくなり、カールをつけようと余計に髪に熱を加える。その結果更に髪が傷むという悪循環に陥《おちい》っているのだ。

「さぞお困りのことでしょう。そこでこのヘアリンスです。このヘアリンスには、髪の傷みを修復し、ツヤを与え、乾燥を防ぎ、頭皮の健康を保つ効果があるのです」

「これにそのような効果が……」

怪訝《けげん》な表情を浮かべながら、小瓶を手に取る店主。店主が次の言葉を口にする前に、私はすかさず提案をした。

「俄《にわか》に信じられないのは当然のことです。そこで、このヘアリンスを実際に使ってみては頂けないでしょうか？　使い方は簡単です。髪にたっぷり振りかけて馴染《なじ》ませ、3分ほど置いてからすすぐだけでいいのです」

少しの間考え込んでいた店主は、「少々お待ち下さい」と言いバックヤードから出ていくと、店主と同じ年代の女性を伴って戻ってきた。

「妻のジーナです。私の練習台になっていたお陰で髪がすっかり傷んでしまい、大量の椿油が欠かせなくなってしまったのです」

それから、バックヤードの洗面台で店主の妻の髪の椿油を洗い流し、ヘアリンスを髪と頭皮にたっぷりと振りかけ、馴染ませるようにマッサージをする。ヘアリンスが染み込んだ髪をタオルで巻いて3分後、再び洗い流すと……。

「凄いわ！　傷んできしんでいた髪がこんなに柔らかくなって！」

心なしか沈んでいた店主の妻の顔が、ぱっと明るくなった。

「本当だ！　ツヤが出て指通りも良くなっているではないか！」

店主の声も弾んでいる。私は話を進めた。

「このヘアリンスを小さな硝子瓶に入れて、顧客の皆さんに配るのはどうでしょう？　使って頂ければすぐに効果は出ますし、髪の状態が改善すれば自然と客足は戻ります。そして、それ以降は適正価格で販売するのです。ヘアリンスを使い続ければ髪が傷むことはなくなるので、顧客の皆さんにまた頻繁に来店してもらえるようになるでしょう」

私が話し終えるのと同時に、身を乗り出した店主が私の手を握った。

「お願いします！　どうかこのへありんすを売ってください！」

「実は、私の方でこのヘアリンスを量産することは出来ないのです。そこで、私から提案がありま す。私から商品を買うのではなく、このヘアリンスの作り方を買うのはどうでしょうか？　作り方さえわかれば店で量産することが出来ますから、この先私から商品を買い続けるより余程安上がりなのではないでしょうか？　もちろん、こちらの店以外にヘアリンスの作り方を教えないとお約束しましょう」

私の手を握る店主の指に力が入る。

「買います！　買わせてください！　金貨3枚……いや、金貨5枚で！」

それから、店主にヘアリンスの作り方と使い方、使用期限などの注意事項を記載した紙を渡し、代わりに金貨5枚を受け取った。

こうして、私の全財産だった銀貨1枚は、金貨5枚になったのだった。

（この金貨5枚を更に増やすには、どうすれば……）

何かヒントはないかと市場の屋台を見て回っていると、道具屋で〝あるもの〟が目に入る。

（これがあれば、あれが作れるんじゃない？）

それから、道具屋で〝あるもの〟と絞り袋、パーチメント紙、油を切るためのパットを買い、食料品店で薄力粉、バター、砂糖、シナモン、塩、卵、油を買い、古道具屋でそれらを運ぶための中古のリヤカーを買った。金貨1枚を使い、残りは金貨4枚になった。

オリバー村に戻ると、早速調理を開始する。

鍋に水、バター、砂糖、塩を入れ沸騰させ、ふるっておいた薄力粉を加え、塊になったらボウルに移し、卵を少しずつ加えて混ぜていく。

ここで道具屋で買った〝あるもの〟の登場だ。それは星型の口金。この口金を絞り袋にセットし、生地を入れてパーチメント紙の上に絞っていく。パーチメント紙にのせたまま170℃に熱した油で揚げていき、両面がキツネ色になったら油を切り、砂糖とシナモンを混ぜたシナモンシュガーにまぶせば完成だ。

「ヴィオレット様、これは一体何ですか？」

出来上がったものを、まじまじと眺めるジェシカ。

「これはチュロスよ」

「ちゅ……ろす？」

チュロスの断面が星型なのには理由がある。丸い棒状で作った場合、中の固まっていない生地が急激に膨らみ爆発《ばくはつ》を起こす可能性があるからだ。だから、チュロスは星型の口金がなければ作れない。道具屋で星型の口金を見つけた時、チュロスを思いついたのはそのためだ。前世の高校生時代に文化祭でチュロスの店を出したことがあるので、レシピを覚えていたのだ。

それから、グランベール邸の食堂に集まった村のみんなに試食をしてもらう。

「みんな、食べてみて！」

「んー！　外側はカリッとしていて中はもちもち！」

「シナモンが利いていておいしい！」

「これは何本でも食べられますよ！」

試食用に作った30本のチュロスは、あっという間になくなった。

（村のみんなにこれだけ好評なら、味は問題なさそうね。チュロス、いけるんじゃないかしら？）

「みなさん、私は、このチュロスを隣町の市場で売ろうと考えています。これなら持って歩きながら食べられるし、市場で売るにはもってこいでしょ？」

ナタリーが、好奇心旺盛そうな瞳を輝かせる。

「すんごく素敵！　ヴィオちゃん、ちゅろす絶対に売れるよ！　ねっ、マドレーヌ？」

「……うん！」

「ヴィオレット様、繕い物の仕事がちょうど終わったので、私達お手伝いしますよ」

ジェシカの言葉に、こくんと頷くナタリーとマドレーヌ。

「ありがとう、ジェシカ、ナタリー、マドレーヌ！」

あくる日隣町に行き、大量のチュロスを作るための材料と薪、それからチュロスの持ち手に巻く紙を買った。金貨3枚を使い、金貨は残り1枚になった。

そしてそのまたあくる日、私と三姉妹は、オリバー村に1台だけある馬車を借りて再び隣町に向かった。馬車を操縦するのはジェシカだ。

市場へ行き、受付で竈《かまど》付きの屋台を借りる。

竈付きの屋台の賃貸料、一日で金貨1枚。これで、ヘアリンスのレシピを売って手にした金貨5枚を全て使い切った。

オリバー村から持ってきた鍋でチュロスを揚げていき、30本のチュロスが出来上がる。

チュロスは1本銅貨2枚、前世の金額では200円だ。

「ヴィオレットのチュロス屋、開店よ！」


チュロスを揚げる音が響くと、屋台の前に人が集まってくる。

「ちゅろす？　何だいこの長細いのは？」

「何だか、腹にたまらなそうな食いもんだね」

すかさず、試食用に準備しておいた一口サイズに切ったチュロスを差し出す。

「宜《よろ》しければ食べてみて下さい。美味しいですよ！」

「おぉ！　外はカリッとしていて中はもっちり、この食感が堪らないね」

「うん、甘さがちょうどいい、シナモンが利いてるね」

「子供に買って帰るとするよ。二つおくれ」

「私にも一つちょうだい」

「俺《おれ》も買うよ！」

チュロスは飛ぶように売れ、その日準備した材料分の150本が完売した。しめて銅貨300枚。

受付で銅貨を銀貨に替えてもらい、銅貨300枚は銀貨30枚になった。

その時、受付のスタッフに声をかけられる。

「昼間は差し入れをありがとうございました。みんなで美味しく頂きましたよ」

実は、試食用に用意したチュロスが余りそうだったので、受付に差し入れをしていたのだ。

（受付のスタッフにはこれからもお世話になるもの。仲良くなるに越したことはないわね。よし、明日から毎日チュロスを差し入れしよう）

両替した銀貨30枚の中から明日の屋台の賃貸料を除けて、三姉妹に日当を渡し、帰りに明日の分のチュロスの材料を買い、その他に村のみんなの分のパンとチーズと牛乳、じゃがいもしか入っていないスープに入れるための野菜を買った。

そして、残りの銀貨を小さな木箱に入れた。


次の日からは材料を増やし、チュロスは一日に200本以上売れた。

小さな木箱がいっぱいになったのは、チュロス屋を開店してから1ヶ月後のことだ。木箱の中の銀貨はちょうど300枚になった。

金貨にすると30枚。ヘアリンスのレシピを売った金貨5枚が6倍に増えたことになる。

けれど、喜んだのもつかの間、チュロス屋の売り上げは急激に下がっていった。チュロスを売る店が市場に何軒も現れたからだ。他の店がより安い値段で売り始めたために、客がそちらに流れていってしまったのだ。

「真似するなんて最低！　ヴィオちゃん、文句を言いにいこうよ！」

ナタリーが、顔を真っ赤にして怒っている。

「いいのよナタリー。チュロスは何処にでも売っている材料と簡単な工程で作れるもの。私達がチュロスを作るのを覗いているお客さんは沢山いたし、一度見れば作り方を覚えることができる。遅かれ早かれ真似をする店が現れると思っていたのよ」

「だけど……！」

「他の店より安く売ればお客さんは戻ってくるかもしれない。だけど、他の店は更に値段を下げてくるでしょうね。このままだと、価格競争に巻き込まれて、儲けも出ないのに屋台を続ける羽目になってしまうわ」

「それじゃあ……」

「今日で、チュロス屋は閉店よ」

三姉妹は納得のいかない顔をしているけど、こうなることはある程度想定済みだった。

手元には銀貨300枚がある。これを元手にして違う屋台を始めれば、またお金を稼げるだろう。真似をされたらまた違う屋台を始めればいい。前世の知識がある今は、きっとそれが出来る。続けていくうちに、オリバー村の人々の暮らしは今よりだいぶ楽になるだろう。

だけど、私の目標はオリバー村を豊かな村にすることだ。屋台でいくら稼いでも、きっとそれは叶《かな》わない。隣町まで商売をしに行かなくても、オリバー村の中でお金が稼げるようになる。それが、オリバー村を豊かにするということなのだ。

軍資金は銀貨300枚。

（それで何が出来るか、慎重に考えないと。オリバー村を豊かにするために）

私は、小さな木箱を抱きしめた。

3章　思い出したのはあの風景

　そうはいってもすぐにいい案など思い浮かぶわけもなく、数日が過ぎた。自室で物思いに耽《ふけ》っていると、三姉妹が私を訪ねてやって来る。

「ヴィオレット様、気晴らしに散歩にでも行きませんか？」

「そうそう、ヴィオちゃんに見せたいものがあるんだ」

　グランベール邸から東側に、整備されていないけもの道を15分ほど歩く。

「ここだよ」

　何もない平地の真ん中に、緑の葉を広げる大きな木が立っていた。

「村で一番大きな木なんだ」

「オリーブの木なんですよ。残念ながら今は実がならないんですけどね。だけど、なかなか素敵でしょ？」

「素敵なんてものじゃないわ！　すんごくすんごく素敵！」

　私の言葉に、ジェシカとナタリーとマドレーヌが顔を見合わせて笑った。

（これって……この木って、あの木よね？）

　前世の記憶が蘇《よみがえ》る。

前世の私の唯一の趣味は、図書館で雑誌を読むことだった。ある時手にした旅行雑誌の1ページに、私の目は釘付けになった。大きなオリーブの木と、そこに咲く一面の〝あれ〟。いつかこの目で見てみたい、だけどきっとそれは叶《かな》わない、そう思っていた遠い異国の風景。

（そうよ、〝あれ〟よ。〝あれ〟は寒さにも強い。それに〝あれ〟なら……！）

「ヴィオレット様？」

振り返る三姉妹に、私は決意を口にした。

「ジェシカ、ナタリー、マドレーヌ、私やるわ！」


その日の午後、村のみんなに、オリーブの木のある広場に集まってもらった。

「みなさん、私はこのオリーブの木を、この村のシンボルツリーにしたいんです」

「ヴィオレット様、シンボルツリーとは何ですか？」

村長が、不思議そうな顔をして聞き返す。

「この村の象徴となる木という意味です。そして、この木の周りに、あるものを植えたいんです」

「何を植えるおつもりですか？」

「それは、ラベンダーです」

「ラベンダー……ですか？」

私の言葉に、訝《いぶか》しげに首を傾げる村人達。

「ここを一面のラベンダー畑にして、この村の観光名所にしたいんです。観光客を呼んで、いずれはラベンダーをオリバー村の特産物にしたい。そのために、チュロスを売って貯めた銀貨300枚を使おうと考えています」

「ヴィオレット様、そうは言っても、観光客が泊まる場所も、ご飯を食べる場所もありませんよ」

村長の娘のハンナが、期待と不安が入り交じったような複雑な顔をする。

「泊まる場所は、私達の家の二階を考えています。使っていない二階の4部屋は、少し手直しすれば十分客室として使えますから。それから、一階の食堂を開放して食事ができるようにします。メニューは、もちろんオリバー村産のじゃがいも料理です」

「私達のじゃがいも料理なんて、お客さんに食べてもらえるのかしら？」

ジェシカが独り言のように呟く。それを聞き逃さなかった父が、すかさず声をかけた。

「ヴィオレットから一足先に話を聞いた時は、正直わしも驚いた。しかし、この村のじゃがいも料理は、誰《だれ》が食べても美味いと言うはずだ。自信を持っていい」

「当主様……」

だが、父の言葉も、みんなを納得させるには至らなかったようだ。

「……そうは言ってもねぇ」

「ここを観光地にするなんて、考えたこともなかったもんな」

みんな困惑した表情を浮かべながら、顔を見合わせている。

みんなの態度は当然のことだ。私だって、みんなの立場だったらこう思うだろう。

「何も知らない小娘が、何言ってくれちゃってるわけ？」

だけど……。

前世の私が憧《あこが》れた、ラベンダー畑がある異国の村は、ラベンダー畑しか名所がない小さな村で、その上交通の便が悪いにもかかわらず、世界的に有名な観光地だった。

それにこの村の気候。夏が涼しいこの村の気候は、避暑地にもってこいではないか。

もちろん、成功する保証なんてない。だけど、可能性があるのに何もせずに諦《あきら》めたくない。

「みなさんが不安に思う気持ちはよくわかります。だけど私は挑戦したいんです。この村が良い方向に変わるように。だから……どうか協力してください！」

私は、勢いよく頭を下げた。

「ヴィオレット様！　頭を上げてください」

「そうですよ！　俺達《おれ》に頭を下げるなんてどうかしてますよ」

みんなの慌てる声が聞こえてくる。

私に頭を下げられたら、みんな嫌とは言えないだろう。卑怯《ひきょう》だってわかってる。だけど、これが今の私にできる精一杯なのだ。

「ヴィオット様」

村長の落ち着いた声がその場を鎮めた。

「頭を上げてください。ヴィオレット様のお気持ちはわかりました。この村が観光地になるなんて正直想像もできません。何が起こるか不安もあります。だけど、この村には元々何にもないのです。何にもないということは、失うものもないということ。やってみましょう。この村を変えるために」

「村長さん！」

「そうね。村長の言う通りよ」

「私達には、失うものなんて何もないんだから」

「ヴィオレット様、俺達協力します！」

「みなさん！　ありがとう！」

こうして、オリバー村の領地改革が始まった。


まず、隣町の市場にラベンダーの苗を仕入れに行く。何軒かの花売りの露店に断られ、最終的に卸問屋を紹介してもらった。

町の外れの卸問屋を訪ね、大量の苗を仕入れる。

「こんなに大量の苗、一体どうするんだい？　このラベンダーって花、たいして人気もないのに」

呆《あき》れたような顔をしたおかみさんが、馬車に積まれていくラベンダーの苗を眺めている。

「それならまけて貰《もら》えますよね？」

「うーん、おおまけにまけて全部で金貨30枚だ。それ以上はまけられないよ！」

「金貨30枚……」

金貨30枚は銀貨300枚と同額だ。つまり、チュロスを売って稼いだ銀貨300枚を、苗だけで使いきってしまう。万が一この計画が失敗しても、次の計画を始めることは出来ない。

全身が小刻みに震えた。武者震いというやつだろう。

(失敗を恐れるの？　ヴィオレット。やると決めて、村のみんなが賛同してくれたのよ)

大きく息を吸って、深呼吸した。

「わかりました。銀貨300枚で、現金一括払いよ！」

(やってやろうじゃない！　没落令嬢に怖いものなんてないのよ！)


その後、大量のラベンダーの苗を、村の馬車で三往復して運んだ。

それから、村人総出（といっても13人しかいないのだけれど）で、オリーブの木の周りに苗を植えていく。

(どうか、無事に育ちますように！)

3日かかって、全《すべ》ての苗を植えることができた。

花が咲くまでに客室を整えて、食堂を飾り、じゃがいも料理のメニューを決めれば準備が整う。

苗が植えられた平地を眺めながら、想像する。

一面のラベンダー畑と、たくさんの観光客。

(早く咲かないかな)

そんなふうに考えていると、リルがやって来た。

「ヴィオレット、一人で何してるの？」

「リル、早く咲かないかなって思っていたのよ」

「早く咲いてほしいの？」

「それはもちろん！　無事に咲くか心配だし、それに早くみんなに見せたいんだ。あのきれいなラベンダー畑を。もちろんリルにもね」

「ふーん、そっか。……うん、わかった」

一人で納得したように呟くと、ローブから細長い棒を取り出したリルは、その先を空にかざした。

「☆〜。＊。゜〜〜〜〜☆＊。〜」

無数の光の粒が宙に生まれた。そしてその光の粒は、まるでどしゃ降りの雨みたいに、苗の上に降《ふ》り注《そそ》いだ。

「えっ⁉」

驚いて、瞬《まばた》きをした次の瞬間。

「あっ……！」

そこに広がっていたのは、風に揺れる紫の絨毯《じゅうたん》。まるで絵画の中から抜け出たような、美しいラベンダー畑。

（なんてきれいなの！　……いや、それより）

「リル、今の何⁉」

「何って、魔法だよ」

「魔法って、魔法を使えるのは魔女だけよね？」

「だって、リル、魔女見習いだもん」


この世界には魔法がある。だけど、普通に生活していたら、魔法にお目に掛かる機会などない。魔法を使えるのは魔女だけだからだ。

そしてその魔女は、100年程前の魔女狩りで滅ぼされたと伝えられていた。

その貴重な魔法を、たった今、この目で見たのだ。

「すごい！　すごいわリル！　あなたって最高よ！」

リルの小さな手を握ると、リルは「フフッ」と含み笑いをした。

「どうしたの？　リル」

「だって、魔女って嫌われてるでしょ？」

リルの言う通り、この世界で魔女は嫌われている。得体の知れない者、気味の悪い者と思われているのだ。

「だから、魔女見習いだってことは誰にも言わないようにしてたんだ。だけど、ヴィオレットならそんなふうに言ってくれる気がしたから」

「リル！」

私はリルを抱きしめた。

前世の記憶を思い出す前の私なら、周りの人達と同じように、魔女を忌み嫌い、悪口を言っていただろう。ただ、みんなが嫌っているからという理由で。

（だけど、私の前世は日本人の女の子よ。それなら、絶対にこうなるでしょ！）

「魔女っ子最高！　可愛《かわい》すぎるわ！」

リルは私の腕の中で、

「何それ。変なの！」

と言って、可笑《おか》しそうに笑った。

村のみんなが、ラベンダー畑の前に集まってきた。

「えっ⁉」

「何で⁉　もう咲いたの？」

「だけど、すごくきれい！」

「本当よ！　おとぎの国みたい」

「ヴィオレット様、これなら、観光客もたくさん来てくれますね！」

みんな驚きつつも、ラベンダー畑の美しさに感動している。

「ええ、みんなありがとう。これなら、観光客もたくさん…………。ああ‼」

突然叫んだ私に、皆がビクリと体を震わせた。

「どうしたんですか⁉　ヴィオレット様」

「大事なことを忘れていたわ」

「大事なことって？」

「宣伝よ！」

「宣伝……ですか？」

「そう、宣伝しなければ、ここにこんなに美しいラベンダー畑があるなんて誰も知らないわ」

「確かに」

「宣伝しなきゃ、観光客が来るわけないよな」

みんなが、顔を見合わせて頷《うなず》いている。

（私としたことが、宣伝のことをすっかり忘れていたなんて！）

「だけどヴィオレット様、これから宣伝すればいいだけなんじゃ」

「いいえ、違うの。今から宣伝してお客さんが来る頃には……。このラベンダーの開花時期は終わってるのよ」

「つまり？」

「このラベンダー、咲き終わっちゃってるの！」

「はぁ……」

みんなが一斉にため息をついたので、ため息のハーモニーみたいになっている。

「ごめん、ヴィオレット。リルが花を咲かせちゃったから」

「ううん、違うの。リルのせいじゃないの。ただ、私が忘れてただけなのよ」

「うーん……。それって、この花がずっと咲いてればいいってこと？」

「そうなんだけど、そんなことできるの？」

「うん。任せて！」

リルは再び細い棒、もとい魔法のステッキを取り出すと、その先を空に掲げた。


「☆～。＊゜～～～～☆＊。～」


さっきと同じように、宙に生まれた光の粒が、ラベンダー畑に燦々《さんさん》と降り注ぐ。

「ヴィオレット、その花ちょっと抜いてみて」

リルに言われて数本のラベンダーを抜いてみると、花を咲かせた新しいラベンダーが、みるみるうちに土から生えてきた。

「すごいわ、リル！　これって……、もしかして、途中から刈っても生えてくる？」

「うん、今の状態から変化が起これば、元に戻るように魔法をかけたからね。枯れても元に戻るし、刈っても抜いても生えてくるよ」

「すごい！　リル、ありがとう！」

もう一度リルを抱きしめる。すると、

「今のって、まさか魔法？」

そんな声が聞こえてきた。私の腕の中で、リルが小さな体を強張らせる。

前世の記憶がある私と違って、村のみんなにとって魔女は得体の知れない気味の悪い存在だ。みんなが悪いわけじゃない。それがこの世界の普通の感覚なのだ。

(だけど、それじゃありルが。私のために、みんなの前で魔法を使ってくれたのに……)

その時だった。

「すごい！　私、魔法見るの初めて！」

「俺だってそうさ！」

「魔法って、とってもきれいなのね」

「リル、リルは魔女だったんだね」

みんなの予想外の言葉に、リルが複雑な表情を向ける。

「みんな、リルが嫌じゃないの？」

「えっ？」

「だって、リル、魔女見習いだよ。魔女って嫌われ者なんだよ」

リルの言葉に、再び顔を見合わせる村人達。

「そんなこと言ったたってなぁ？」

「うん。私達、これまで魔女に会ったこともなければ、嫌なことをされたこともないもの」

「そうそう、それにおばあちゃんも言ってたわ。昔は、どの町でも村でも魔女と助け合いながら暮らしていたって」

「それに、リルのどこが気味が悪いって？」

「そうよね。魔女だろうと魔女見習いだろうと何だろうと、リルはリルよ」

村長が、リルの肩をポンと叩《たた》く。

「そうだぞ、リル。リルはもうオリバー村の一員だ。わしらは家族も同然なんだから、そんな悲しいことを言うんじゃない」

「うむ。村長の言う通りだ」

村長の隣で、父がにこにこ笑っている。

「うん、わかった。みんなありがとう！」

リルが笑って、みんなも笑った。


（それにしても……。刈ってすぐに育つなら、このラベンダー刈り放題ってことよね。それなら、思ったより早く〝あれ〟が作れるわ）

実は、刈り取ったラベンダーで作りたいものがあった。ラベンダーが咲いて、刈り入れの時季になってからと考えていたが、ラベンダーが刈り放題なら話は変わってくる。

ただ、それを作るには材料と道具を揃《そろ》えなくてはならない。けれど、チュロス屋で貯めた銀貨300枚は、ラベンダーの苗を買うのに全て使ってしまった。

（隣町の市場で何か食べ物を売れば、材料と道具を揃える分くらいは稼げる。だけど、屋台を借りるお金も、何かを作るための材料を買うお金もない。どうすれば……。そうだ！　あれなら……）

「ジェシカ、ナタリー、マドレーヌ、繕い物の仕事をしているなら、余ったハギレなんてないかしら？」

「ハギレなら大量にありますよ」

「聞いてよヴィオちゃん。お姉ちゃんってば、使う当てもないのにハギレを捨てようとしないのよ」

「だって勿体《もったい》なくて……」

「ジェシカ、そのハギレ全部譲って！」

ジェシカから譲ってもらったハギレを袋状に縫い、刈り取り後、吊して乾燥させたラベンダーの花穂《かすい》と茎を入れる。

ラベンダーのサシェの完成だ。

オリバー村の女性陣（リル以外）総出で、100個のサシェを作った。

「みんなごめんね。後でちゃんと日当を払うから」

「何を言うんです、ヴィオレット様。こないだまで、パンやらチーズやらを毎日買ってきてくれたじゃないですか」

「そうですよ。じゃがいも以外が食卓に並ぶのは久しぶりで、どれだけ嬉《うれ》しかったか」

「子供達も喜んで食べていたものね」

「何かお返しがしたかったんです。どんどんこき使ってくださいね」

「みんなありがとう！」

みんなの言葉に、ホッと胸を撫でおろす。

「ところでヴィオちゃん、これをどうするの？」

「隣町の市場で売るのよ」

「これをですか？　確かにいい匂《にお》いはしますけど……」

ジェシカが、サシェの匂いをくんくん嗅いでいる。

「ちなみに、いくらで売るんですか？」

「銅貨３枚よ」

「これが銅貨３枚？　ちゅろすより高いんですか？」

サシェをまじまじと眺めながら、みんなは不思議そうな顔をしている。サシェなんておしゃれな呼び方をしても、要は匂い袋だ。

一部の富裕層を除いて、平民は頻繁にお風呂《ふろ》に入ることが出来ない。普段はお湯か水で体を拭くだけだ。それは汗を大量にかく仕事に就いている人も同じ。ラベンダーのサシェは、気になる体臭、汗臭さを軽減してくれる。需要はあるはずだ。


次の日、サシェ100個を持って、隣町の市場へ行った。受付で相談すると、今日から３日間だけ空いているスペースがあるので、そこを無料で使わせてくれるという。屋台は貸せないが、使っていないテーブルがあるからと、こちらも無料で貸してくれた。

（助かったわ！　チュロスの屋台を出している間、毎日チュロスを差し入れて仲良くなっておいたかいがあったわね）

空きスペースにテーブルを置き、その上にサシェを並べ、臨時のラベンダーサシェショップが開店した。

それから4時間後。

「全然売れないね」

リルが、退屈そうに足をぶらぶらさせている。

今日は、頑張ってくれたみんなには休んでもらって、私とリルの二人きりだ。

朝から呼び込みをしているけれど、サシェはまだ一つも売れていない。

「サシェ？　何それ？」

「腹の足しにもならないもんに、誰が銅貨3枚も払うのさ」

と、大体こんな感じだ。

（チュロスの時とは、比べ物にならないくらいの塩対応ね）

呼び込みするのにも疲れて、一旦《いったん》休憩する。

「そういえば、リルって、初めて会った時旅をしてるって言ってたわよね」

「うん。師匠と一緒に暮らしてたんだけど、家出したんだ。それで、当てもなくあっちへ行ったりこっちへ行ったりしてただけ」

「お師匠様、心配してるんじゃない？」

「どうだろう？　まあ、リルは魔法が使えるからね」

「だけど、あの時倒れてたじゃない」

「あの時は力を使いすぎて、疲れたから休憩してただけ」

「そうなの？　紛らわしいんだから」

「でも、リル、ヴィオレットとおじさんと一緒に来て良かった。みんな優しいし、魔女が嫌われ者じゃないってわかったから」

「リル……」

リルのぷくぷくほっぺたをムニムニすると、リルは「やめてよ～」と言って笑った。


その後も呼び込みを続けたものの、結局一つも売れないまま夕方になってしまった。

（絶対に需要はあると思ったのに、考えが甘かったわ）

その時、通りがかりの男性二人組が声をかけてきた。

年齢は揃って40代ぐらい。額にぐるぐる巻きのタオル、薄汚れたタンクトップにニッカポッカ。

（この人達、絶対に汗をかく仕事をしている人だ）

二人のうちガタイが良い方の男性が、サシェの匂いを嗅ぎながら尋ねた。

「これは何だ？　随分いい匂いがするな」

「これはラベンダーのサシェです。いい香りがするので、体臭……いえ、汗臭さが気にならなくなりますよ」

「へぇ」

すると、今度は小柄な方の男性が、私とリルを交互に眺めて不思議そうな顔をした。

「あんたら妙な組み合わせだな。何処から来たんだ？」

「私達はオリバー村から来ました」

その瞬間、小柄な男が声を上げて笑い出した。

「オリバー村？　あんな村に人が住んでるのか？」

これには流石《さすが》にカチンときた。だけど、相手はお客様。私は怒りを堪《こら》えて冷静に答える。

「そうですよ。私達はオリバー村に住んでいるんです」

「本当かよ！　見捨てられた村と呼ばれているオリバー村だぞ。そうか、見捨てられた村だから、他に行き場のない、見捨てられた奴《やつ》らが住みついているんだな」

私自身のことなら何と言われようと我慢できた。だけど、オリバー村や村のみんなを悪く言われるのは我慢ならなかった。

「あなたねぇ！」

反撃した私に、小柄な男が身構える。

「なっ、何だよ！　やる気か！」

「今に見てなさいよ！　オリバー村はね、これからどんどん豊かになっていくんだから！」

「お前……！」

小柄な男が何か言おうとするのを、ガタイの良い男が遮《さえぎ》った。

「いい加減にしろ！　買う気がないならあっちにいっていろ！」

怒鳴られた小柄な男は、舌打ちをしながら、渋々といった様子で先を歩いて行く。

「すまんな。あいつは口が悪いだけで悪気があるわけじゃないんだ」

（いやいや、むしろ悪意しか感じなかったわよ！）

私は余程納得のいかない顔をしていたのだろう。ガタイの良い男性が、

「お詫びにこれを一つ貰っていくよ」

と言って、私の手にサシェの代金銅貨3枚を乗せた。

「あっ、ありがとうございます！」

こうして、初日の売り上げは銅貨3枚で終わったのだった。


次の日、今日はジェシカとナタリーも一緒だ。朝から呼び込みをしているけれど、まだサシェは一つも売れていない。いよいよ値段を下げようかしらと思っていた時。

「昨日の姉ちゃん」

(姉ちゃん？)

声をかけてきたのは、昨日サシェを買ってくれたガタイの良い男性だった。

「あんた、これ凄いな！」

「へっ？」

「俺は大工のアントンっていうんだ。今はこの近くの現場で働いているんだが、夜は宿の大部屋で他の大工達と雑魚寝状態だ。いつもは汗臭いやらいびきやらでよく眠れないんだか、昨日こいつを枕元《まくらもと》に置いておいたらぐっすり眠れたんだよ」

「ラベンダーには安眠効果があるので、きっとそのおかげですね」

「そんな効果があるのか」

「はい。それから、リラックス……気持ちを穏やかにする効果もあります」

「道理で……。寝言でまで怒ってる怒りん坊のピートのやつが、いつもより静かだったのはこれのおかげか。仲間にも配ることにするよ。20個おくれ」

「あっ、ありがとうございます！」

するとと、側で会話を聞いていたお婆《ばあ》さんが話に入ってくる。

「何だい、これにそんな効果があるのかい？」

「はい。それ以外にも、防虫効果があるので、クローゼットに入れておけば虫食いを予防できますよ。それから、ラベンダーの匂いは胃の不調にも効果があります。胃の調子が悪い時にこれを嗅げば、だいぶ楽になりますよ」

「あんた、随分詳しいね」

「ははは」

これも、前世で図書館の雑誌を読みまくっていた賜物《たまもの》だ。女性誌ではアロマテラピー特集がよく組まれていた。特に、ハーブの女王と呼ばれるラベンダーには様々な効能があるため、記憶に残っていたのだ。

「そんなに色んな効果があるなら、一つ貰おうかね？」

「俺も最近眠れないんだ。買っていこうかな」

「虫食いには困ってるのよ。一つ買うわ」

いつの間にか人が大勢集まっている。その後、サシェは飛ぶように売れた。

お客さんが引いた後、大工のアントンの姿を探したけれど、もう何処にも見当たらなかった。

（救世主よ、ありがとう！）

そして、翌日の夕方には、100個全てを売り切ることができた。

売り上げは、3日間で銅貨300枚。銀貨と交換して銀貨30枚を手に入れた。

（これだけあれば材料と道具が買えるわ。次は、いよいよラベンダー石鹸《せっけん》作りよ！）


次の日。ラベンダー石鹸を作るための材料と道具を市場で揃える。

秤、泡立て器、ヘラ、耐熱容器、温度計、オリーブオイル、ココナッツオイル、パームオイル。

助かったのは、この世界に苛性ソーダが存在すること。

（作者様、ありがとう！）

前世の高校時代、私はクラスメイトに頼み込まれて、人数合わせのために科学部に入部していた。実験で作ったものを貰えるのが嬉しくて、何だかんだ真面目《まじめ》に活動していたので、そこそこの知識はある。中でも石鹸はよく作っていたから、作り方は脳にインプットされている。

使うのは我が家の厨房。ジェシカ達三姉妹が助手を買って出てくれた。

苛性ソーダは劇薬だ。目や皮膚を保護するため、眼鏡《めがね》をし、口を布で覆《おお》い、手袋をし、エプロンをするのを忘れてはいけない。

まず、オリーブオイル、ココナッツオイル、パームオイルを混ぜて湯煎で溶かす。

それから、刈り取って乾燥させておいたラベンダーのドライハーブを熱湯に浸す。冷めたら漉《こ》してラベンダーエキスを抽出する。

ラベンダーエキスに苛性ソーダを少量ずつ加え、苛性ソーダ水を作る。

この時、窓を開けしっかり換気し、蒸気を吸い込まないように気をつける。

次に、オイルと苛性ソーダ水の温度を38〜40℃に揃え、オイルに苛性ソーダ水を少しずつ加えながら泡立て器で混ぜていく。もったりした固さになったら型に入れ3日ほど置く。型から出し、切り分け、風通しの良い場所で更に1〜2ヶ月の間乾燥させれば、ラベンダー石鹸の完成だ。


「ヴィオちゃん、この石鹸も市場で売るの？」

完成したラベンダー石鹸を手に取り、ナタリーが尋ねる。

最初はそれも考えた。ただ、それだと売上で材料を買い、石鹸を作り、またその売上で材料を買うという自転車操業になってしまう。

この石鹸は、王都や王都周辺の町や村にも流通させたい。そのためには、すでに流通網を持っている商会の力が必要だ。

「この石鹸は、たくさんの人に使ってもらいたいの。だから、王都にある商会に売り込みに行くわ」

それから、王都にある全ての商会に手紙を書いた。会長に会いたいので、時間を作ってほしいと。

返事が来たのは一通だけ。

スカルスゲルド商会。食品から生活雑貨、装飾品や美術品まで手広く商売をしている、今最も勢いのある商会だ。

伯爵令嬢だった頃、ドレスはいつも、スカルスゲルド商会の仕立て屋を呼んで仕立てていた。自分で言うのもなんだが、かなりの上客だったと思う。返事を貰えたのはそのおかげだろう。

一通だけでも返事を貰えたのはありがたいことだ。だけど、逆を言えば、スカルスゲルド商会に断られたらもう後がないということでもある。絶対に失敗はできない。

「いざ、勝負よ！」

気合を入れて、私は王都に向かった。

4章 スカルスゲルド商会

スカルスゲルド商会本社。王都の一等地にある、ゴシック風の四階建ての建物。

豪華な装飾で飾られた応接室に案内されたものの、歓迎されている様子はない。さっきから1時間近く待たされているけれど、お茶の一つも出てこないのがその証拠だ。

(もしかして、忍耐力を試されているのかしら?)

それから少しして、二人の男性が部屋に入ってきた。

最初に入ってきたのは、栗色の長い髪を後ろで結わえた、ペリドットの瞳《ひとみ》をした男性。歳《とし》は20代半ばくらいだろうか。

にこにこしているけれど、眼鏡《めがね》の奥の目は笑っていない。以前の私なら騙《だま》されていただろうが、前世の記憶がある今ならわかる。これぞまさに、うさんくさい笑顔というやつだ。

そしてもう一人。銀色の髪。美しいアメジストの切れ長の瞳。陶器のような肌に彫刻のような顔立ち。前世の言葉でいうところの超絶イケメンだ。

こちらは打って変わって鉄壁の無表情を崩さない。瞬きをしなければ作り物かと思うくらいだ。

(それにしても……。不機嫌そうなイケメンって何でこんなに迫力があるわけ? 無駄に怖いのよ! ヴィオレット、怯《ひる》んじゃダメよ!)

にこにこしている方が口を開いた。

「お初にお目にかかります。こちらが商会長のテオ・スカルスゲルド。私は補佐役のカルロ・ランカスターです」

「本日は、貴重なお時間を割いて頂きありがとうございます。ヴィオレット・グランベールと申します」

「グランベール家は、王都の屋敷を引き払い、田舎に引っ越したと聞いておりましたが……。それで、本日は何の御用でしょうか？」

「今日は商談をしに参りました。スカルスゲルド商会の力を借りて、流通させたい品物があるのです」

「ほう。それでその商品とは？」

「こちらです」

私は、持ってきたラベンダー石鹸《せっけん》20個をテーブルの上に置いた。

「これは……。石鹸ですか？」

「はい。これはラベンダー石鹸です」

「ラベンダー……ですか。ヴィオレット様は、こちらで貴族相手に商売をするおつもりですか？」

「いいえ、この石鹸は平民向けのものです」

作り物みたいに動かなかった会長の眉《まゆ》が、ぴくりと動いた。

石鹸は、この国で日用品として流通している。流行《はや》り病の予防のために、石鹸を使うよう国も推奨している。けれど、平民の間に石鹸を使うことは根付いていない。

この世界には、前世のような便利な家電はない。平民は、手にあかぎれや湿疹を作りながら家事をこなし、仕事をしている。そのあかぎれだらけの手に、今流通している石鹸はひどく滲《し》みるのだ。そのため、平民は石鹸を使いたがらない。

体を洗うのにしても、家にお風呂《ふろ》があるのは一部の裕福な平民のみ。大部分の平民は、普段は水やお湯で体を拭くだけだ。当然石鹸は殆《ほとん》ど消費されず、数年に一度しか買い足さないという平民も多い。

補佐役のカルロが、うさんくさい笑顔を貼《は》りつけたままラベンダー石鹸を手に取る。

「ヴィオレット様はご存じないでしょうが、貴族と違って平民は石鹸など買わないのですよ」

「わかっています。けれど、このラベンダー石鹸は、今流通している石鹸とは違うのです」

「確かに、色目は今の石鹸より美しいですが……」

「色だけではありません。ラベンダーには抗菌作用、消毒作用があります。これは、虫刺されや湿疹に効果を発揮します。それから保湿作用。これは、皮膚の乾燥を和らげ、なめらかにする効果があります。そしてもう一つ。ラベンダーには、皮膚の新陳代謝を促し、新しい皮膚の再生を早めてくれる作用があるのです。これは、傷や火傷に対して効果を発揮します。この石鹸には、これらの効能があるラベンダーエキスがたっぷり入っているのです」

「ラベンダーに様々な効能があるのはわかりました。しかし、この石鹸を使うことで、今仰《おっしゃ》ったような効果が表れるかどうか確証はありませんよね？」

「仰る通りです。そこで、この20個のラベンダー石鹸を置いていきます。実際に使って、この石鹸の効果を確かめて頂きたいのです」

「……この石鹸の代金は払わないぞ」

会長が初めて口を開いた。心臓に響くような低い声だ。つまり、いい声だということ。

「もちろんです。これはサンプルですから」

「さん……ぷる？」

「それでは、良いお返事をお待ちしております」

スカルスゲルド商会から連絡があったのは、それから1ヶ月後のことだった。

前回と違うこと。まず案内役が丁寧。そして、席に着くとすかさず紅茶が出てくる。しかも最高級の茶葉のものだ。

（これは、手応えありと思っていいのかしら？）

応接室に入ってきた補佐役のカルロは、頗《すこぶ》る上機嫌だった。

「ヴィオレット様！　遠いところをわざわざありがとうございます」

相変わらず笑顔はうさんくさいけれど、声のトーンが1オクターブ高い。そして、会長はというと相変わらずの無表情だ。

「ヴィオレット様！　このラベンダー石鹸は、ヴィオレット様が仰る通りの素晴らしい品物でした」

カルロが合図をすると、ドアが開かれ、メイド服を着た女性と、騎士の制服を着た男性、それから農夫らしき男性が入ってきた。

「まずはこちらのメイド。とあるお屋敷の洗濯室で働いております。そのため、この者の手は常にあかぎれだらけでした。ところがです。ラベンダー石鹸を使って1ヶ月、あかぎれはここまで改善したのです」

メイドが手を広げて見せる。メイドの手は、色素沈着はあるものの、新しいあかぎれや湿疹はなくなめらかになっている。

ラベンダーの瘢痕《はんこん》形成作用であかぎれが治り、保湿効果で肌が保湿され、あかぎれが出来にくい肌に改善されたのだ。

「そしてこちらの騎士。彼の背中は……。見るに堪《た》えないほどブツブツだらけでした」

（ブツブツ……。あっ、あせもね）

「しかし、ラベンダー石鹸を使ってたったの2週間で、彼の背中を覆《おお》っていたブツブツは完全に消え去ったのです」

（ラベンダーの殺菌作用と抗炎症作用で、あせもが消えたのね）

「あの、見るに堪えないブツブツが……！」

（だから、あせもね）

「そしてこちらの男性。この者は、農作業中にブヨに刺されたのです。慌ててラベンダー石鹸で洗ったところ、赤みが引き、痛みが消えたのです！」

（そうそう、ラベンダーは虫刺されにも効果があるのよね）

「その上、この者の足には頑固なあれが……！」

「あれ、ですか？」

農夫が、少し恥ずかしそうに話し始める。

「はい。私の足には、長年治らない水虫がありました。ところが、頂いた石鹸で毎日洗い続けたところ、水虫が改善されたのです」

（うんうん。ラベンダーには抗真菌作用もあるから、水虫にも効果があるのよね）

「この者達の他にも、ラベンダー石鹸を使った者は、皆何らかの効果を感じ、全員がこれからもラベンダー石鹸を使い続けたいという意見でした。ヴィオレット様、ラベンダー石鹸は本当に素晴らしい。これは必ず売れます。我々と一緒に、売って売って売りまくりましょう！」

舞台役者のように大袈裟《おおげさ》に話すカルロ。商談相手を良い気分にさせるための戦略なのだろう。それならばと、私もそれに乗っかったふりをする。

「はい！　売って売って売りまくりましょう！」

「ただ……。契約の前に条件を提示させて頂きたいのです」

「もちろんです」

「市場の相場から考えますと、このラベンダー石鹸は一つ銅貨4枚で売るのが妥当と考えますが、ヴィオレット様はどうお考えでしょうか？」

「私もそれくらいの価格を想定していました」

「それでは、我々商会と商店の取り分が銅貨3枚、ヴィオレット様側の取り分が銅貨1枚でいかがでしょう？」

カルロのうさんくさい笑顔に、思わず舌打ちしそうになる。今カルロが提示した取り分は、明らかに商会側の利益《りえき》が大きい。

オリバー村のラベンダーは、リルの魔法のおかげで刈り放題。銅貨1枚でも、数さえ売れれば、十分とはいえないが利益は見込める。だからといって、不当な配分を受け入れるわけにはいかない。

（だけど、これが商売なんだ。商会が自分の側の利益を優先するのは当然のこと。利益を勝ち取りたければ、交渉しろということね）

私は、鞄《かばん》からある物を取り出し、それをテーブルに置いた。

「それは……」

「これは、スカルスゲルド商会が商店に卸しているマッチですよね？」

デュアメルマッチ。スカルスゲルド商会の主力商品だ。このマッチが爆発《ばくはつ》的に売れたことで、スカルスゲルド商会は急成長を遂げたのだ。

「このマッチは、銅貨1枚鉄貨6枚で売られています。今のお話だと、製造元の取り分は一つ鉄貨4枚。マッチ工場は最新の設備が備えられています。その利益では、工場を維持することは出来ないのではないですか？　もちろん、すでに実績を作っているこのマッチと、まだ市場に出ていないラベンダー石鹸が同じ扱いとは思っていません。けれど、先程カルロ様は、ラベンダー石鹸は必ず売れると仰って下さいました。ラベンダー石鹸を実際に試し、信頼してくれたからこその言葉だと思っています。にもかかわらず理不尽な取り分を提示されては、私はスカルスゲルド商会を信用することは出来ません。商売で最も重要なのは人と人との信頼。私はそう考えています。信頼というのは、対等であるからこそ生まれるのではないのですか？」

「ブッ」

吹き出す声が聞こえて、会長が下を向いた。

カルロが呆《あき》れたように会長を見た後、こちらに向き直る。

「すみません、ヴィオレット様。少々試させて頂きました」

「はっ？」

「明らかに自分の側に不利な条件を、黙って受け入れるようであればそれまでかと」

会長が顔を上げる。作り物のような無表情に変化はない。それから、低いいい声で言った。

「いいだろう。スカルスゲルド商会が、この石鹸を一つ銅貨2枚で買い取る。それを銅貨3枚で商店に卸し、商店が銅貨4枚で売る。商会と商店の儲けはそれぞれ一つ銅貨1枚。そっちの儲けは一つ銅貨2枚だ。これならどうだ？」

「はい。もちろん、それで構いません」

「では、契約成立だ。前金で金貨50枚渡そう。その金で量産体制に入れるよう準備をしてくれ」

「はい！　ありがとうございます」

「ヴィオレット様、それでは細かいところを諸々詰めて、契約書を交わしましょう！」

それから、細かい取り決めを話し合い、契約書にサインを交わした。

（やったわ！　オリバー村のラベンダー事業の始まりよ！）

商談が終わったらすぐに帰るつもりだったのに、私はまだスカルスゲルド商会にいる。

紅茶のお代わりが運ばれてきて、おまけにケーキまでついてくる。

（それにしても……。何でこの人こんなに睨《にら》んでくるのかしら？）

さっきから、会長が鋭い目つきで睨んでくるので居心地が悪い。カルロが呆れたように会長を窘《たしな》めた。

「こらこら会長。そんなに見つめたら、ヴィオレット様が困ってしまいますよ」

（見つめてる？　睨んでるの間違いでしょ！）

カルロが忠告してくれたのにもかかわらず、会長は睨むのを止めない。

「あの……」

「何だ？」

「なっ……」

（何で睨んでくるのかなんて、聞けないわよぉ）

「なっ、何歳……ですか？」

「おやおや、我々に興味を持って下さるのですか？」

口を開こうとしない会長に代わり、カルロが答えてくれる。

「私は26歳です。残念ながら妻子がおりますので惚《ほ》れないでくださいね。会長は22歳。花の独身ですよ」

「お若いのに商会長なんて凄いですね」

「ただ親から継いだだけだ」

「こんなふうに言ってますけど、会長がご両親から商会を継いだ時は負債まみれだったんですよ。それを4年で立て直し、この国で5本の指に入る商会にしたんですからたいしたものでしょ」

「それは確かに凄いです」

「お前は余計なことを言うな！」

「まあまあ。ところでヴィオレット様は16歳ですよね。花も恥じらうお年頃ですね」

「よくご存じですね」

「まあ、この国の貴族のことはだいたい把握していますから」

「あの……」

「何だ？」

「どうして会ってくれたんですか？」

「はっ？」

「王都にある全《すべ》ての商会に手紙を書いたんです。だけど、返事をくれたのはスカルスゲルド商会だけでした」

「ああ……」

カルロが、私の顔と会長の顔を交互に見る。

「ヴィオレット様と我々は、もうラベンダー石鹸の共同事業者ですから、正直に言います。実は、私はお会いするつもりはありませんでした。伯爵家から男爵家に爵位が下がり、王都の一等地から見捨てられた村と呼ばれる田舎に逃げていった家門の令嬢。そんな令嬢に会うなんて、どう考えても時間の無駄ですからね」

「はあ……」

酷い言われようだが、事実には違いない。

「それではどうして？」

「それは会長がね」

会長が、私を鋭く睨んだまま口を開いた。

「お前……」

「ちょっと会長！　レディに対してお前はないでしょ！　ヴィオレット様と呼ばなきゃ」

「ヴィオレット……様。お前、屋敷で競売を開いただろ？」

（金貨5万枚の借金返済のために、屋敷で開いたオークションのことよね？）

「ああ、はい。開きましたね」

「普通、貴族が家財道具を売り払う時は、商人が一式を買い取ってそれを競売にかける。商人はより多く儲けるために、二束三文の値で買い叩《たた》き競売で高く売るんだ。貴族の方は、自尊心が許さないのかそれどころではないのか、文句も言わないらしい。それなのに、グランベール家は屋敷で自ら競売を開いた。より多く金を得たいならそうするのが正解だ。しかし、そんなことはこれまでどの屋敷でも行われなかった。参加した者に話を聞くと、その競売を開いたのは父親でも兄でもなくお前だという。何故《なぜ》そんなことを思いついた?」

「私は……。ただ、借金を返すのに必死だっただけです。家財道具をまとめて商人に売っても、買い叩かれることはわかっていました。自分達で売った方がお金になると思ったからそうしただけです」

「ふーん?」

納得していない様子の会長は、まだ私を睨んでいる。

(だから、睨むのやめなさいよ!)


村に戻った後、大急ぎで作業小屋を建てた。頼んだのは、市場で最初にサシェを買ってくれた大工のアントン。隣町のジェシカの知り合いに頼んで探してもらうと、すぐに連絡がついた。

それから、ラベンダー石鹸を作る作業員の確保。村のみんなにほうぼう声をかけてもらって、私と村の女性陣を含め15人が集まった。

ラベンダーの刈り入れ、乾燥とエキスの抽出、石鹸作り、梱包。作業を効率化するために分担を決め、それぞれの作業に集中できるようにする。

石鹸の配送は父の仕事だ。専属の御者を2人雇い交代制にする。王都まで往復4日間。最近の父は、殆ど馬車の中で暮らしているようなものだ。

それでも、王都に行けばエドワードに会えるし、修道院に寄ればローゼマリーにも会えるので、父は頗る上機嫌だ。

そうして半年が経《た》った今、ラベンダー石鹸は売れに売れている。前世なら、「これが今年のNo.1ヒット商品、オリバー村印のラベンダー石鹸です」と、年末の情報番組で紹介されるくらいの勢いだ。

作業小屋改め石鹸工房は増築され、作業員は30人に増えた。

そうして、ラベンダー石鹸が売れれば売れるほど、こんな噂が王都や近隣の町や村を駆け巡った。

オリバー村には、まるでおとぎの国のような、世にも美しいラベンダー畑が広がっていると。

そんな噂が広まると、ラベンダー畑目当てに、観光客が村を訪れるようになった。

我が家の二階の4室では足りなくなり、またまたアントンに頼んで、大急ぎで小さなペンションを建ててもらった。

通称オリバー村のラベンダー館。白い壁の可愛《かわい》らしいペンションだ。

客室は二階の8室。清潔なリネン。壁にはラベンダーのドライフラワー。枕元《まくらもと》にはラベンダーのサシェを忍ばせる。もちろん浴室にはラベンダー石鹸。

ウエルカムドリンクはラベンダーティー。ラベンダークッキーを添えて。

そして、一階には小さなレストラン。

父が声をかけると、グランベール伯爵邸で働いていたコックや給仕が二つ返事で来てくれた。父は人徳だけはあるのだ。

名物は、オリバー村産のじゃがいも料理。

人気メニューは揚げポテトと揚げスティックポテト。スティックポテト、そう、フライドポテトだ。もれなく、マヨネーズとサワークリームのディップ、チーズのディップがついてくる。

レストランの横には小さなお土産屋さん。ラベンダー石鹸に、りぼんで結んだ菫色の可愛いサシェ。ラベンダークッキーに缶に入ったラベンダーの茶葉。

客室は連日満室。ジェシカ達三姉妹が、客室係として奮闘してくれている。


何より嬉《うれ》しいのは、村の人口が増えたこと。石鹸工房の作業員やコックや給仕、配達係の御者が家族と一緒に引っ越してきてくれたので、村には子供も増えて賑やかになった。

それから、村に商店が出来た。隣町に何店舗か商店を構える経営者のバーグマンが、この村に人口が増えたことに注目して、店を出したいと言ってくれたのだ。おかげで、隣町まで行かなくても必要な物が手に入るようになった。

あんなに何もなかった村に、可愛いペンションが建ち、お店が建ち、人々が暮らすいくつもの家が立っている。

それから、この村のシンボル、オリーブの木と美しいラベンダー畑。

(この村は、きっともっと良くなる。ううん、みんなで力を合わせて、もっともっと良くするのよ)


そんなある日のことだった。

流石《さすが》に父のおしりと体力が限界なので、王都までの石鹸の配達は、隣町の夜警を辞めたイアンとケビンが交代で担当してくれることになった。月に一度、商会で報告会がある日は私が配達もする。みんなのおしりを守るために、馬車も新調した。豪華な装飾なんかはないけれど、座り心地も寝心地も最高の馬車だ。

それは、月に一度の商会での報告会の日の事だった。商会に石鹸を届けて、会長とカルロと進捗状況を報告し合う。報告会を終えて、商会から少し離れた所に停めてある馬車に向かって歩いている時だった。

「ヴィオレット！」

名前を呼ばれ振り向くと、そこに立っていたのは、私が幼い頃に仲良くしていた友人の一人、カトリーヌだった。

「カトリーヌ？」

カトリーヌとは、エリーザが私達の間に割って入ってくるまで、本当に仲が良かった。もう一人の友人アニエスと、三人いつも一緒だった。

だけど、みんなから避けられているエリーザを一人には出来ず、エリーザと一緒にいた私を、二人は避けるようになった。

（夜会や舞踏会ですれ違う事はあったけど……。話すのは6年ぶりかしら？　さすがに気まずいわね）

私の気まずさを他所《よそ》に、私の元に駆けてきたカトリーヌは、私の手を強く握って言った。

「ヴィオレット、ごめんなさい！」

「……へ⁉」


それから、二人で近くのカフェに入った。

真正面に座ったカトリーヌはすっかり淑女といった面差しで、私は緊張が隠せない。そのうちに、注文した紅茶が運ばれてきた。

湯気をたてる紅茶に何度も息を吹きかけるカトリーヌ。猫舌な所は相変わらずのようだ。その様子が微笑ましくてフッと笑うと、カトリーヌがホッとしたように息をついた。どうやら、緊張していたのは私だけではなかったらしい。

程よく冷めた紅茶を口に運びながら、カトリーヌが話し始めた。

「子供の頃、私とアニエス、あなたを急に避けるようになったでしょ？　実は、あの時エリーザに言われたの。あなたが私達の悪口を言い触らしているって。ちゃんと考えれば、あなたがそんなことするわけないってわかるのに……。あの頃、あなたは私達よりエリーザを気にかけていて、それを裏切りのように感じてしまったこともあって、エリーザの言葉を鵜呑《うの》みにしてしまったの。ずっと後悔してた。だけどあなたに合わせる顔がなくて……。あなたの家が大変な時も何の力にもなれなかった。ごめんなさい、ヴィオレット」

「カトリーヌ、謝らないで。あなたは悪くないわ」

そう、悪いのはエリーザだ。

私がエリーザと一緒にいることを選んだせいで、カトリーヌとアニエスは離れていったのだと思っていた。もちろんそれもあるだろう。だけどそれだけではなかった。

（エリーザがまさかそこまでしていたなんてね。本当に、何であんな子を親友だと思っていたんだろう）

情けないやら腹立たしいやら。だけど今更どうしようもない。

「それに……。あなたの婚約者だったシャルルとエリーザが結婚したと聞いて、すごく驚いて……」

（ああ、二人は結婚したのね）

「ヴィオレット、大丈夫？」

心配そうに私の顔を覗《のぞ》き込むカトリーヌ。

「ええ、大丈夫よ。それよりカトリーヌ。私、今オリバー村で暮らしているの」

「オリバー村？」

「聞いたことない？　オリバー村印のラベンダー石鹸」

「ラベンダー石鹸？」

（あんなに売れているのに、貴族には全く浸透してないのね）

それからカトリーヌの近況を聞き、カフェの前で別れた。

「アニエスもあなたに謝りたいと言っているの。次は三人で会いましょうね」

「ええ、もちろんよ。また会いましょう」

帰りの馬車の中、私の手を握ったカトリーヌの手を思い出していた。

（カトリーヌの手、ベタベタしてたな）

平民と違い、貴族は定期的に入浴をする。その際に使う石鹸は、ラベンダー石鹸が売り出される前まで平民が使っていたのと同じ物だ。高級な包み紙で包み、リボンをかけて、貴族用と謳《うた》っているだけで中身は同じ。

そして、その石鹸を使うと肌は乾燥する。肌が乾燥するので香油を塗る。その香油のせいで肌がベタベタするのだ。カトリーヌも、手肌の乾燥が気になって香油を塗っていたのだろう。

平民の間でどんなにラベンダー石鹸が流行ろうとも、貴族は平民用として売り出されている品物に手を出さない。興味も示さない。その証拠に、カトリーヌはラベンダー石鹸を知らなかった。

（貴族にも、ラベンダー石鹸を使って貰《もら》えればいいのに……）

ラベンダー石鹸なら、ラベンダーの保湿効果で、頻繁に体を洗っても皮膚の乾燥が防げる。使い続けているうちに、ベタベタする香油を塗らなくてもよくなるだろう。

（ラベンダー石鹸を必要としてる人は、貴族の中にも大勢いるはずよね）

村に着くと、その足で石鹸工房に向かった。私の顔を見るなり、ハンナが首を傾げて尋ねる。

「どうしたんですか？　ヴィオレット様」

「え？」

「何だか、やる気にみち溢《あふ》れた顔をしていますよ」

「実は、新商品を作ろうと思っているの」

「新商品！」

今度は、工房のみんなの顔が輝いて、やる気に満ち溢れた。

それから1ヶ月後、私は今、スカルスゲルド商会の応接室にいる。目の前には、高級茶葉で淹れた紅茶に、この世界では貴重なチョコレート。

「これはこれはヴィオレット様。今日は定期報告会の日ではありませんよね？　どうされたのですか？」

ラベンダー石鹸が売れ続けているので、カルロは上機嫌だ。そして、会長はいつもと同じ無表情。だけど、会長の無表情にはすっかり慣れてしまった。

「今日は、見て頂きたいものがありまして……」

持ってきたものをテーブルに置いて、包みを開ける。

「これは、貴族向けの品物だな」

（一目でわかるなんて、さすがスカルスゲルド商会長ね）

持ってきたのはラベンダー石鹸。だけど、平民向けの品物とは違う。

包み紙は、光沢がある高級紙に可愛らしいラベンダーのイラスト入り。これは、オリバー村に商店を出したバーグマンの伝《つて》を頼り、印刷会社に頼んで作ってもらったオリジナルだ。

石鹸自体もこれまでのものとは違う。ラベンダーエキスの他に、ラベンダーの花穂が入っているのだ。

ラベンダー石鹸を手に取ったカルロが、角度を変えながら熱心に見つめている。

「これは、華やかでとても見栄えが良いですね」

「効能はこれまでのラベンダー石鹸と同じです。更に、貴族向けに目でも楽しめるようにしました」

「なるほど。素晴らしいです。そして、こちらは何でしょう?」

私は、持って来たもう一つの包みを開けた。

「これは、ラベンダーのバスソルトです」

「ばすそると……ですか？　宝石のように見目麗しいですが、どのようにして使うものなのでしょう?」

「これは、岩塩にラベンダーエキスを配合したもので、湯船に入れて使うものです。湯船に適量を入れると、お湯に溶け出しお湯が柔らかくなります。温浴効果があるので体がぽかぽかになりますし、バスソルトに含まれる塩化ナトリウムという物質には保湿効果があります。ラベンダーにも保湿効果がありますから、肌の乾燥が改善されるでしょう。それから、ラベンダーの香りで気持ちが落ち着き、就寝前に入浴すれば、ラベンダーの安眠効果でぐっすり眠ることができます」

「素晴らしい！　美しいだけでなくそんなにたくさんの効能があるとは。これは絶対に売れますよ！」

カルロの目は、新しいおもちゃを買って貰った子供のようにきらきら輝いている。

まさか会長もこんな目をしてないわよねと思って見てみると、ただでさえ綺麗《きれい》なアメジストの瞳が、眩しさを感じる程に輝いていた。

（この人達って、根っからの商人なのね）

そんな二人に、私は呆れつつも感心するのだった。

私のティーカップに紅茶のお代わりを注《そそ》ぎながら、カルロが教えてくれる。

「実は、ラベンダー石鹸について、貴族からの問い合わせが日に日に多くなっていたんですよ」

「そうなのですか？」

「いつも目にしている使用人の手が見る度にきれいになるのですから、気になって仕方がなかったんでしょう。ただ、どんなに良い商品でも、貴族は平民用の品物に手を出しません。この石鹸なら、平民用の商品と差別化が出来ていますし、このバスソルトの美しさときたら、ご婦人達が食い付くのは間違いないでしょう。金額のことなどを取り決めて、早速契約書を交わしましょう。宜《よろ》しいですね？　会長」

「ああ。ヴィオレット・グランベール」

会長が私の名前を呼ぶ。

「これからも宜しく頼む」

「はい！　こちらこそ！」


翌月に発売された貴族向けのラベンダー石鹸とラベンダーバスソルトは、すぐに評判となり人気商品になった。商会が平民用の石鹸の5倍の値をつけたので儲けが大きい。

全てが順調に進んでいき、私はとても気分が良かった。だけどそれから数ヶ月後、そんな気分が台無しになる出来事が起こった。

「ヴィオレット！」

月に一度のスカルスゲルド商会での定期報告会が終わり、商会の入り口から出た私を誰《だれ》かが呼び止める。

振り向くと、物凄い形相のエリーザが、こちらに向かって突進してきていた。

5章
オリバー村のお客様

（ああ、とうとう来たのね）

こちらに突進してくるエリーザを見て、そう思う。

「ヴィオレット！　どういうことよ！」

エリーザは、今にも私に噛《か》みつかんとする勢いだ。

「シャルルと結婚すれば玉《たま》の輿《こし》だと思ってたのに、あの家借金まみれじゃない！　あんた、知ってて黙ってたのね！」

私は、小さく溜《た》め息《いき》をついた。

「エリーザ、だから私言ったわよね？　本当にいいのかって。聞く耳を持たなかったのはあなたじゃない」

「借金のこと、知ってたなら教えるべきでしょ！」

「シャルルの家の借金のことなんて知らないわ。だけどね、ローゼンクランツ家の人達は、これまで私の父からの援助で暮らしてきたの。それがなくなったらどうなるのかしら？　って思っただけよ」

「だけど……。あんたとシャルル、あの時、そんな話一言もしなかったじゃない！」

「エリーザ、あの時、私が最初に言った言葉を覚えている？　私はこんなことになってごめんなさいって言ったの。それはね、もうローゼンクランツ家にお金を渡せなくなった。ごめんなさいっていう意味よ。それから、シャルルは今までありがとうって答えたでしょう？　あれは、今までお金を恵んでくれてありがとうって意味なのよ」

「だけど……だけど！　あの時、シャルルはあんたに指輪を恵んだわ。黄瑪瑙《めのう》の純金の指輪を！」

「だから、私言ったわよね？　シャルルに本当にいいのかって。あの指輪は、いざという時お金に換えるために、シャルルが大事に取っておいた指輪だとわかったからよ」

「なっなっなっ……！」

エリーザの唇は、言葉にならない声を発しながらぷるぷる震えている。

父とシャルルの父ローゼンクランツ伯爵は、昔からの友人だった。ローゼンクランツ伯爵は、私とシャルルの婚約を父に持ち掛け、婚約が成立すると、父の人の良さに付け込んで、いずれ姻戚になるのだから助けてほしいと縋《すが》り、父から金を巻き上げていたのだ。グランベール家の財政が傾いてからも、父はローゼンクランツ伯爵に頼まれるがままに大金を渡し続けた。ローゼンクランツ伯爵一家は、その金で贅沢《ぜいたく》な暮らしをしていたのだ。

領地に目を向けず何十年も放置した結果、ローゼンクランツ伯爵領は廃墟同然になり、ローゼンクランツ家に税収はほとんどなかった。実質父から巻き上げた金だけで暮らしていたようなものだ。グランベール家の財政がいよいよ傾き、父から渡される金が減っていっても、贅沢がやめられず、しまいに借金をして暮らしていたのだろう。

（まあ、あの頃の私も同じようなものだったけどね）

自分の家の財政が傾いていることに気付かず、父がいよいよ夜逃げを決行しようとする時まで、何も知らずに贅沢に暮らしていた。自分の頭で考えようとせず、何も見ようとせず、与えられる贅沢を当たり前のように享受していた日々。

父がローゼンクランツ家にお金を渡していると知った時も、何も感じなかった。ただ、ああそうなのねと思っただけ。本当に馬鹿《ばか》だったのだ。

（だけど私達は逃げなかった。きちんと借金を返してやり直そうと足掻《あが》いた。だから今があるの。あなたやローゼンクランツ家の人達とは違うのよ）

言ってやりたかったけど、口には出さなかった。

今の私にとって、エリーザは怒る価値などない人間なのだから。

（……そういえば、シャルルとエリーザが付き合いだしたのって、ちょうどグランベール家がにっちもさっちもいかなくなって、いよいよ夜逃げをするって時の少し前よね。もしかして……）

「ねえ、エリーザ。もしかして、シャルルを誘惑するよう、ローゼンクランツ伯爵に吹き込まれたんじゃない？　未来の伯爵夫人には君の方が相応《ふさわ》しいとか何とか言われて」

図星を指されて驚いたのか、エリーザの顔は真《ま》っ赤《か》になった。

おそらく、これ以上父から金を巻き上げられないと踏んだローゼンクランツ伯爵が、次の鴨を、その前の年に投資で大きな儲けを出したというエリーザの父、イングマール男爵に定めたのだろう。

そう考えると、エリーザも被害者なのかもしれない。だけど、私はあの日のエリーザの言葉を忘れるつもりはない。

「大丈夫よ、エリーザ。だって、あなた達愛し合ってるんでしょ？　あの時あなたそう言ったじゃない。それに、あなたには立派な実家があるんだから」

「……あんた！　知ってるくせに！」

エリーザは、今日一番の鋭い眼差《まなざ》しで私を睨《にら》んだ。

そう、私は知っている。エリーザは、イングマール男爵と再婚した現夫人の連れ子だ。イングマール男爵とは血の繋《つな》がりはなく、おまけに亡くなった前夫人との子供が6人もいて、その子供達が嫌がったので、エリーザはイングマール家の籍に入っていない。エリーザに、イングマール家の財産に関与する権利など一つもないのだ。

子供の頃、エリーザが他の子供達に煙たがられていたのは、それも原因の一つだった。

それでも、一つ屋根の下で共に暮らす義理の娘の結婚だ。イングマール男爵も持参金くらい出しただろう。けれどもその金額は、ローゼンクランツ伯爵が考えていたものより遥かに少なかったに違いない。

「持参金が少ないと義父に叩《たた》かれたのよ！　シャルルは見ているだけで助けてもくれなかったわ！」

「穏やかで争い事を好まないのがシャルルの長所じゃない。だから、シャルルは何があっても両親に逆らったりしないわ。あなたもシャルルのそんな所を好きになったのよね？　そうでしょ？　エリーザ」

「ああ……あああ‼」

エリーザの顔が絶望で歪《ゆが》んだ。

その時。

「会社の前で騒ぐのは止めてくれないか」

いつの間にか、商会の入り口の前に会長が立っていた。

「申し訳ありません、会長」

咄嗟《とっさ》に謝ると、会長は虫けらを見るような目でエリーザを見た。

「お前……いや、ヴィオレット……様には言っていない。人の会社の前で金切り声を上げている、この非常識な女に言っている」

「なっなっ、何よこの美男子は！」

会長を見たエリーザが、ますます顔を赤くして叫んだ。

（美男子……イケメンって言いたいのね）

「大丈夫ですか⁉　ヴィオレット様」

今度は慌てた様子のカルロがやって来る。

エリーザが、信じられないものを見るような目で私を見た。

「あっ、あんた、一体何なのよ！　家も没落して、婚約者も奪われて、泣き暮らしてるかと思ったら、こんな美男子二人に囲まれてるなんてどういうことよ！」

（いやいや、エリーザ、今怒るとこそこ？）

「あんたのこと、昔から大嫌いだった。家族に愛されて、友達もいて、優しい婚約者がいて。あんたから何か一つでも奪ってやりたかった。やっと奪えたと思ったのに……。何で？　何であんたばっかり幸せそうなのよ！」

「連れて行け」

会長が合図をすると、二人の門番がやって来て、エリーザを抱えてずるずると引きずっていった。

エリーザは、何か叫びながらされるがままになっている。

「エリーザ。あの時の言葉、そっくりそのままお返しするわ。私の前に、二度と現れないでよね！」


それから数時間後、私は思う。

（何でこんなことになってるのかしら？）

オリバー村への帰り道。会長とカルロが、何故《なぜ》だか一緒に馬車に乗っている。

「宜《よろ》しいのですか？　オリバー村まで片道2日ですよ」

「一度オリバー村へ行ってみたいと思っていたんですよ。私も会長もここ数年一日も休んでいませんから、たまにはいいでしょう。ね？　会長」

「ふん」

不機嫌そうな様子で、窓の外を眺める会長。

（この人がこんなだから聞いてるのよ！）

これが会長のスタンダードだからなのか、カルロに意に介す様子はない。私は溜め息が出そうになるのをぐっと堪《こら》えた。

「せっかくの休みが、ほとんど馬車の中ということになりますが」

「まあ、それが旅の醍醐味《だいごみ》です。それより、先程の女性はお知り合いですか？」

「あっ、先程はお見苦しいところをお見せしました。先程の女性は……。というか、知ってますよね？　貴族のことはだいたい把握していると、以前仰《おっしゃ》っていましたもんね」

「いやはや、ヴィオレット様には敵《かな》いませんね。エリーザ・イングマール。あなたから、婚約者のシャルル・ローゼンクランツを奪った女性ですね」

「その通りです。だけど、エリーザの存在がなくても、シャルルとは婚約破棄になっていましたから。それにもう過去の話です」

「未練はないのですか？」

「未練、ですか？　そんなものはありません。元々父が決めた婚約ですから」

「ヴィオレット様は……。何というか、商売の時は貴族令嬢らしくないのに、そっち方面は貴族令嬢の思考なのですね」

「よくわかりません。そもそも恋愛自体よくわからないので。カルロ様は恋愛結婚なのですか？」

「もちろんです。私と妻は、燃えるような大恋愛の末結婚しましたから」

「はぁ……。そうなんですね。では会長は？」

「はい？」

「独身とお聞きしましたが、婚約者もいらっしゃらないのですか？」

カルロが、意味深な笑みを浮かべて言った。

「ヴィオレット様、この人が愛する女性がいる男に見えますか？」

「いないのですか？」

「この人はね、大の女嫌いなのですよ」

「そうなのですか？」

「これまで、一度も女性とお付き合いしたことがないんですから」

「おまえ、何を……！」

そんなつもりはなかったのに、思ったことがそのまま口から出てしまう。

「えっ⁉　その顔で？」

その後、馬車の中には気まずい空気が流れたのだった。


気まずい旅を覚悟していたけれど、会長とカルロはよほど疲れていたらしく、道中ずっと爆睡していた。カルロが、数年間一日も休んでいないと言っていたのは本当だったようだ。

いつも無表情の会長が無防備に眠っている姿は、私を妙な気持ちにさせた。見てはいけないものを見てしまったような、後ろめたいような、そんな気持ちだ。

（それにしても、寝顔はけっこう可愛《かわい》いのね）

2日後、馬車はオリバー村に到着した。

最初に向かったのは石鹸《せっけん》工房。中に入ると、みんなが集まってくる。

「ヴィオレット様、お帰りなさい」

「長旅お疲れ様でした」

会長とカルロに気が付くと、みんな固まってしまう。

（会長は誰《だれ》が見ても超絶イケメンだし、笑顔がうさんくさすぎて気付かなかったけど、カルロも実はイケメンなのよね）

「こちら、ラベンダー石鹸を売ってくれている、スカルスゲルド商会長のテオ様と補佐役のカルロ様です」

「素敵なご婦人方。素晴らしいラベンダー石鹸をいつもありがとうございます。カルロ・ランカスターと申します。ところで皆さんは、ラベンダー石鹸を使っているからそんなにお綺麗《きれい》なのでしょうか？」

黄色い声が上がり、会長が大きな溜め息をついた。

ぽーっとなっているみんなを置いて、じゃがいも畑に向かう。思った通り、父と村長が作業をしていた。父と村長に、会長とカルロを紹介する。

「こんなに遠い村まで、よくぞ来てくださいました。早速、今夜歓迎会を開きましょう」

村長は、よほど歓迎会が好きらしい。

父と村長と別れ、ラベンダー畑に向かった。ラベンダー畑までの道は、今ではきちんと舗装されていて、お年寄りや子供連れが休めるようにベンチが設置されている。

夕日に照らされたラベンダー畑は、昼間とは違う幻想的な姿を見せながら、私達の前に広がっていた。

家族や夫婦、恋人、友人や仲間、大勢の観光客が、ラベンダー畑の前で、その美しさに見惚《みと》れ圧倒されている。

「これがオリバー村のラベンダー畑ですか。本当に美しい。ねえ、会長」

「ああ。きれいだな」

会長が素直なのに驚く。思えばこの人は、その無駄に整った顔のせいで、無表情には迫力があるし、目が合うだけで圧を感じてしまうし、何を考えているのかさっぱりわからないけれど、これまで一度だって私を軽《かろ》んじたりしなかった。

こんな小娘が商談だなんて、鼻で笑われてもおかしくなかったのに、ただの一度も、私を拒絶したり否定したりしなかった。ただじっと、私の話に耳を傾けてくれていたのだ。

（カルロは会長を女嫌いだなんて言ってたけど、それって冗談よね。何だかんだ、私とは普通に話しているもの）

夕方から、我が家の食堂で歓迎会が開かれた。

隣の席に座るジェシカに、小声で話しかける。

「ジェシカ、ペンションの方は大丈夫？」

「今日はナタリーとマドレーヌが遅番なので、問題ないですよ」

「ところでリルは？　姿が見えないけど」

「リルなら、ハンナさん一家と隣町に来た移動遊園地に遊びに行きました。夜には帰ってきますよ」


リルがいなくて、ひとまずホッとする。

（この二人、やたらと勘が良さそうなのよね。リルに会ったら、魔法が使えるって気づいてしまうかもしれないわ。リルってば、小リスみたいに可愛い上に魔法まで使えるんだもの。この二人が放っておくはずがないわ）


「ジェシカ、ハンナさん達が帰ってきたら、リルは今夜はハンナさんの家に泊まるよう伝えてちょうだい」

「わかりました。あんなに可愛くて魔法が使えるリルが見つかったら、大変なことになりますもんね」

「さすがジェシカ。わかってるわね」


それから、コック自慢のじゃがいも料理が運ばれてくる。ラベンダー酒と私用のラベンダー水も。

テーブルに並べられた料理を見て、カルロが感嘆の声を上げた。

「これは揚げポテトではないですか！　私はこれが大好物なのですよ。ところでこちらは何でしょう？」

忙しそうな給仕に代わり、カルロに料理の説明をする。

「これは揚げスティックポテトです。そのまま食べてもいいですし、こちらをつけて食べても美味《おい》しいですよ。サワークリームのディップとチーズのディップ、それからマヨネーズです」

「でぃっぷ、ですか？」

「はい。ソースのようなものですね」

「これはまた！　なんというホクホクした食感！　このでぃっぷとやらをつけると、ますます奥深い味わいになりますね！　それにこの、まよねーずというソースのまろやかさときたら！」

「カルロ、少し落ち着け！」

「会長、これが落ち着いていられますか！　そしてまた、この見目麗しい香ばしそうなものは何でしょうか？」

「それはじゃがいものガレットです。千切りにしたじゃがいもを焼いたものですよ」

「このカリッカリの食感が堪りませんね！」

その時、デザートが運ばれてきた。

「オリバー村産のりんごで作った、アップルパイです」

少し前、グランベール邸の裏庭に、りんごの苗木を三本植えた。リルが魔法をかけてくれて、たくさんのりんごがなる大きな木になったのだ。

「ヴィオレット様、ここは本当に良い村ですね」

カルロが、感慨深い様子で目を細める。

「ありがとうございます、カルロ様。ところで……。会長は甘いものがお好きなんですね」

アップルパイを口いっぱいに頬張《ほおば》る会長。その姿を見ながら私は思う。

(イケメンとスイーツの組み合わせって、破壊力が凄すぎるわね)


真夜中、歓迎会はお開きになる。

会長とカルロには、空いている一階の部屋に泊まってもらうことになった。

私といえば、馬車の中でたくさん寝たので全く眠くならない。会長とカルロが気持ちよさそうに寝ているのを見ていたら、私まで心地の良い眠りに落ちてしまったのだ。

夜風に当たるため裏庭に出ると、りんごの木の側に人影を認めた。

「会長?」

会長が、月明かりの下一人で立っていた。そして、私は衝撃の事実を知る。

(イケメンって、月の光に照らされるとますますイケメンなのね)

会長の銀色の髪が、月の光を受けて妖しく発光していた。その下の美しいアメジストの瞳《ひとみ》が、神秘的な光を放ちこちらを見つめている。

「眠れないのですか?」

「ああ。お前……、いや、ヴィオレット……様もか?」

「お前でも呼び捨てでも何でもいいですよ」

「……テオ」

「え？」

「俺《おれ》もテオでいい」

「あっ。はい、では……、テオ様」

夜風が冷たくて心地が良い。村中が寝静まり、聞こえるのは虫の声だけ。それから、テオが私の方に体を向けた。

「ヴィオレット、お前は何者だ？」

「……突然、何を仰っているんですか？」

「お前とうちの商会の、過去の取り引きを調べさせた。ドレスに靴に鞄《かばん》に帽子。以前のお前は、そんなものに湯水のように金を使っていた。そんなお前と今のお前の姿は、あまりにかけ離れている。お前は本当にヴィオレット・グランベールなのか？」

私は、自分にしか聞こえないくらいの小さな溜め息をついた。

「テオ様ならご存じでしょう。グランベール家がどれ程の借金を抱えていたか。ある日父が言ったんです。今晩夜逃げするぞと。我が家に金貨5万枚の借金があることを、その時初めて知りました。あの時、私は目が覚めたんです」

（正確には、前世を思い出したんだけどね）

「グランベール家が借金を踏み倒して夜逃げしたらどうなるか。どれだけの人を苦しめるのか。きっと一生後悔すると思いました。だから、自分にやれることを、精一杯、無我夢中でやっただけです。この村に来てからも同じです。村の人達は、突然やって来た私達を歓迎してくれて、何も心配いらないと言ってくれました。みんなの方こそ、日々を生きるのに精一杯だったはずなのに……。それがどれ程嬉《うれ》しくて心強かったか。その時思ったんです。この村のために何かしたいと。この村を良くしたい。みんなが安心して暮らせるようにしたい。そのために、ただがむしゃらに頑張っただけです。以前の私、何も考えず贅沢に暮らしていた私もヴィオレット・グランベールですが、今の私も、紛れもなくヴィオレット・グランベールです」

まじろぎもせずに私を見つめていたテオは、やがてその視線を空に移した。

「……そうか。おかしな事を言って悪かったな」

空には、今にも降ってきそうな満天の星と、銀色に輝く上弦の月。

その美しい夜の中に、私達はいた。

それからしばらくの間、私達は、並んで夜空を見上げていた。

次の朝、テオとカルロは、ラベンダー石鹸の納品のために王都へ向かうケビンと一緒に、馬車に乗って帰っていった。

「ヴィオレット、こわーい顔してるよ！」

それから数日が経《た》ったある日、私の顔を覗《のぞ》き込んだリルが言った。

「リル、何でもないのよ。ごめんね」

そう言って、リルのぷくぷくほっぺたをムニムニする。リルは「やめてよ～」なんて言いながら、私にされるがままになっている。それを見ながら、石鹸工房のみんなが微笑む。

リルは、今ではこの村のマスコットだ。みんなリルが可愛くて、暇さえあればリルにちょっかいを出している。この村に魔女を悪く言う人は一人もいない。

リルの存在が、この村の絵踏みのようになっているのだ。魔女を悪く言うような人には、この村に住んでほしくないから。


鏡を見ながら、眉間に寄った皺《しわ》を伸ばす。

ここ数日、あの日のことを何度も思い出していた。最後に見た、エリーザの絶望に満ちた顔。エリーザが不幸なのは、エリーザの自業自得だ。そんなことはわかっている。

（だけど、後味が悪すぎるのよね）

大きな溜め息が出てくる。

（うじうじしてるのは性に合わない。行ってやろうじゃないの！）

次の日、イアンに石鹸の納品を代わってもらい王都へ向かった。スカルスゲルド商会に石鹸を納品した後、ある場所に向かう。

私が向かったのはローゼンクランツ伯爵邸。シャルルとエリーザが、結婚後も住んでいる屋敷だ。

6章 再会と別れ

（ここに来ることは、二度とないと思っていたんだけどね）

ローゼンクランツ邸を訪れた私は、あの日と同じ応接室に案内された。シャルルがすぐにやって来る。

「ヴィオレット！」

「ごめんね、シャルル。急に訪ねてきて」

「いや、会えて嬉《うれ》しいよ。元気そうで安心した。エリーザも呼んだのだけれど、具合が悪いと言って部屋から出てこなくてね」

「いいのよ。今日はあなたに会いにきたの」

私は、持ってきた小さな木箱をテーブルの上に載せた。

「これをあなたに受け取ってほしいのよ」

木箱の蓋を開ける。中に入っているのは、箱いっぱいに詰められた金貨。

シャルルの黄瑪瑙《めのう》の瞳《ひとみ》が、戸惑ったように激しく揺れた。

「ヴィオレット、これは受け取れないよ。僕にはそんな権利はないんだ。気持ちだけ貰《もら》っておくよ」

「いいえ、シャルル。あなたにはこれを受け取る権利があるわ。私がラベンダー事業を始められたのは、あなたがくれた指輪があったからなの。あの指輪を売った代金が、私の事業の元手になったのよ。これはその配当金。あなたが受け取るべき正当なお金よ。このお金をどうするかはあなたの自由。ローゼンクランツ家の借金に充てるもよし、エリーザを連れてこの家を出るもよし。決めるのはあなたよ」

複雑な表情をしたシャルルは、それを隠すように両手で顔を覆《おお》った。

「すまない、ヴィオレット。僕は君を裏切ったのに……」

「そのことだけど……。シャルル、あなたもしかして、ローゼンクランツ伯爵に、私からエリーザに乗り替えろと言われたんじゃない？」

「君の言う通りだ。グランベール家はもうダメだ、次はイングマール家から金を巻き上げるから、ヴィオレットを捨ててエリーザに乗り替えろと言われた。そうしなければ、妹達まで路頭に迷い飢えることになると。そして、僕は君を裏切ってしまった。馬鹿《ばか》だった。そもそも、グランベール家からの援助だけに頼り、贅沢《ぜいたく》に暮らしていたこと自体間違いだったんだ。僕が父を止めなくてはいけなかったのに、父と争うことが嫌で見て見ぬふりをしてしまった。ヴィオレット、本当にすまなかった」

そう言って、頭を下げるシャルル。

「シャルル、頭を上げて。遅かったけど、あなたはそのことに気がついたんだから」

「ヴィオレット、僕はやり直せるかな？」

「金貨5万枚の借金があった私でさえやり直せたのよ。きっと大丈夫。強い気持ちがあれば、きっとやり直せるわ」

シャルルは、再び両手で顔を覆った。

「……ありがとう。ヴィオレット」

シャルルの手の甲に涙が伝い、私はそれに気付かないふりをする。それから、そっと部屋を後にした。


私達がオリバー村に来てから、1年と半年が過ぎた。

ラベンダー石鹸《せっけん》は変わらず売れ続け、今では一家に一つラベンダー石鹸があるのが当たり前になっている。

貴族用に作ったラベンダー石鹸とラベンダーバスソルトの売り上げも好調だ。

ラベンダー石鹸とバスソルトがあれば香油いらず。そんな文句が、貴族の間で流行しているくらいだ。

ラベンダー畑は少しずつ面積を広げていき、今では3倍の大きさになった。苗を植える度にリルが魔法をかけて、半永久的に咲くようにしてくれる。

その分刈り入れは大変だけれど、石鹸工房の作業員も大幅に増え、交代制で何とかやっている。

時々、見かねたリルが、魔法で一気に刈り入れをしてくれたりする。だけど、リルにまた刈り入れをさせて、楽をしようとする人はこの村にはいない。そんなみんなが、私は大好きだ。

それから、ラベンダー畑を挟んでペンションがあるのとは反対側に、宿泊施設付きのスパを作った。これは貴族専用だ。

名付けてスパラベンダース。

一日一組限定、最大1週間まで滞在可。

ラベンダーオイルを使った極上のマッサージを受け、ラベンダーソルトを入れたお風呂《ふろ》にゆっくり浸かった後は、夕焼けに染まるラベンダー畑を眺めながら食事とお酒が楽しめる、究極の癒《い》やしの場所。

一日一組限定というのが貴族の優越感をくすぐり、スパラベンダースは3年先まで予約が埋まっている。

ラベンダーオイルは、オリバー村でしか買えない限定商品にした。スパラベンダースの予約を取り、わざわざオリバー村まで来なければ手に入らない幻のラベンダーオイル。宿泊客が大量に購入しばら撒《ま》かれるのを防ぐために、一度の宿泊で購入できる本数を5本までにした。ラベンダーオイルを手に入れたい貴族は、また必死になってスパラベンダースの予約を取るのだ。

それから、嬉しい来客があった。

カトリーヌとアニエスが、自分達でスパラベンダースの予約を取ってオリバー村に来てくれたのだ。

「ヴィオレット！」

「カトリーヌ！　アニエス！」

三人揃《そろ》うと、懐かしさで胸がいっぱいになる。

「今、王都で物凄い話題なのよ。運良く来られた人が最高だと触れ回るのに、なかなか予約が取れないものだから、次にスパラベンダースに行くのは誰《だれ》か皆で競っているくらいなんだから」

「そうそう、私達もやっと予約が取れたのよね」

二人とも見た目は大人びたが、はしゃいだ姿はあの頃のままだ。

「連絡をくれれば予約を取ったのに」

「それはダメよ。ヴィオレットを驚かせたかったんだから」

「それからね。私達、今日三人分の予約を取ったのよ」

「三人？」

「もう一人はあなたよ。ヴィオレット」

私が戸惑っていると、スパラベンダースのスタッフがこう言ってくれる。

「ヴィオレット様は、毎日忙しく駆けずり回っているんです。一日くらいスパラベンダースでゆっくりして下さい」

「ありがとう。それじゃあお言葉に甘えることにするわ」

ラベンダーオイルをたっぷり使った極上のマッサージで、とろけそうな気分になる。ラベンダーの香りで、張り詰めていた体と心が緩んでいく。

マッサージの後は、ラベンダーバスソルトを溶かし、ラベンダーの花穂を浮かべた大きな浴槽に、足を伸ばしてゆっくり浸かる。身体の芯《しん》まで温まり、疲れが取れていくのがわかった。

入浴の後は、屋外に置いてあるリクライニングチェアに体を沈める。絶妙なタイミングで、ラベンダー炭酸水を持ったスタッフがやって来る。

目の前には、夕日に照らされたラベンダー畑が広がっていた。

「ヴィオレット、噂通り、スパラベンダースは最高ね」

「本当よ。まるで夢心地だわ。他にお客さんがいないから、ラベンダー畑を独り占めしている気分になれるわね」

リラックスした表情を浮かべるカトリーヌとアニエス。

「二人共ありがとう。私も最高の気分よ」

ラベンダー炭酸水で乾杯し、運ばれて来る軽食を楽しむ。すると、カトリーヌが躊躇《ため》いがちに口を開いた。

「それはそうと……。ヴィオレット、知ってる？　シャルルのこと」

「……シャルルがどうかしたの？」

「少し前の話なんだけどね。ローゼンクランツ家を出て隣国に行ったらしいのよ。自ら除籍の手続きをしてね。エリーザも一緒みたい」

「……そうなのね」

（シャルル、無事にローゼンクランツ家と縁が切れたのね）

「それから、これは最近の話なんだけど……。そのローゼンクランツ家が夜逃げをしたらしいわ。

多額の借金を踏み倒してね」

「夜逃げ？」

頼みの綱だったシャルルがいなくなり、にっちもさっちもいかなくなったのだろう。だけど、借金を踏み倒して夜逃げした先に未来なんてない。

「ローゼンクランツ夫妻のことはどうでもいいけど、シャルルの妹達はまだ小さいのに……」

「そうよね。今頃《いまごろ》どうしているのかしら？　不安だろうに」

「せめて祈りましょう。シャルルの小さな妹達が無事でいるように」

私達は、空に向かって祈った。シャルルの小さな妹達に未来が開けることを。

いつの間にか、東の空は薄紫色に染まり、私達の思いに応《こた》えるように、星達が瞬きを繰り返していた。


旧友との再会に喜んだのも束の間、悲しい出来事が起こった。

リルが村を出ていくことになったのだ。師匠の元に帰るのだという。

「リル、あなたのその小リスみたいな顔が見られなくなるなんて、私耐えられるかしら？」

「そうだぞぉ、リルゥ……うぅ……」

父はさめざめ泣いている。村のみんなも淋しそうだ。

「師匠に会いたくなったから帰るけど、これでお別れじゃないよ。またすぐに遊びに来るからね」

そう言って、ローズピンク色の瞳をくりくりさせているリル。

「リルの言う通りだ。二度と会えなくなるわけではない。しかし、淋しくなるのも事実。そんなわけで、リルの送別会を開こうではないか」

村長が、気合の入った顔をする。

(村長、歓迎会とか送別会とかほんと大好きよね)

オープン当初からペンションは休みなしで営業していたけれど、月に一度定休日を入れようと決めた。スパラベンダースの定休日も同じ日だ。

リルの送別会をする日はその日に決まった。その日は石鹸工房も石鹸の配送も休みにしたので、村人全員が送別会に参加できることになった。

ペンションの食堂に全員は入りきらないので、外でバーベキューをすることにした。これならコックも料理を作らなくていいし、給仕も料理を運ばなくていい。

村長一家にスザンナとケビンの親子。ジェシカとナタリーとマドレーヌの三姉妹に、石鹸工房の作業員。コックに給仕に従者。商店の従業員にスパラベンダースのスタッフ。それからその家族達。父とリルもいる。

最初はたった13人だった村人。だけど、今は数えきれないくらいだ。

(私、やれたよね。オリバー村を豊かにできたよね)

みんなの笑顔を見ながら、私は、この上ない幸せな気分を噛《か》み締《し》めていた。

次の日、リルは旅立っていった。途中までは石鹸の配送の馬車に乗っていく。

出発する前、リルに尋ねた。

「そういえば、リルってあれ持ってないわよね」

「あれって？」

「あれよ！　魔女のほうき！　あれがあればひとっ飛びでしょ？」

「いや、無理」

「え？」

「リル、高所恐怖症だから」

「……ああ、そうなのね」

馬車の窓から、リルが手を振る。私達は、馬車が見えなくなるまで手を振り続けた。


リルが旅立ってから2週間が過ぎた。私と父は、アントワーヌ村のリプレット修道院の前にいる。

ラベンダー事業が軌道に乗ってから、父に再三言われていた。ローゼマリーを迎えに行きたいと。

父の気持ちはよくわかる。私だってそうしたいのは山々だった。

だけど、この世界の主人公ローゼマリーは、修道院で王の隠し子ジュリアンと暮らさなくてはならない。様々な言い訳で父を納得させ先延ばしにしていたけれど、リルがいなくなったことで父のローゼマリーに会いたい病は抑えがきかなくなってしまった。

(仕方がない。先のことは後で考えよう)

「お父様！　お姉様！」

修道院の入り口から駆けてくるローゼマリー。少し背が伸びたものの、以前のローゼマリーと変わっていないことに安心する。

私達に飛びついたローゼマリーは、開口一番こう言った。

「あの子も一緒に連れて行ってください！」

ローゼマリーが指差した先に、ローゼマリーより小さな女の子が立っていた。

「そうは言ってもな、ローゼマリー」

「お父様、お願いします！　ジュリアはとってもいい子なんです」

(ジュリア？)

「ジュリア、来て！」

ローゼマリーに呼ばれて、小さな女の子が心もとない足取りで歩いてくる。

顔の半分以上を覆う漆黒の髪。瞳の色が判別出来ない程に分厚いレンズの瓶底眼鏡《びんぞこめがね》。

(この子ジュリアンだ。女の子のふりをしているから、ジュリアと名乗っているのね)

『春風の恋人』によれば、この世界の男主人公ジュリアンは、ローゼマリーより二つ年下で、漆黒の髪、燃えるような赤い瞳を持っている。

この国で赤い瞳を持っているのは王族だけ。瞳を隠すために、前髪を伸ばし、分厚いレンズの眼

鏡をかけているのだろう。

（もしかして……。ローゼマリーとジュリアンが一緒に暮らせるなら、修道院じゃなくてもいいんじゃない？　要は、二人の心が通い合えばいいんだから）

「ローゼマリー、いくらなんでも、子供を勝手に連れて行くことなどできん！」

父が困った顔をしながらローゼマリーを窘《たしな》めている。

「お父様、連れて行きましょう！」

「ヴィオレット、お前まで何を言い出すのだ！」

「私、ちょっと交渉してきます」

勢い勇んでシスター長の元に行ったものの、シスター長は、私のジュリアを引き取りたいという言葉に険しい顔をした。

「グランベールのお嬢様、子供は犬や猫とは違うのです。あなたには一時の気まぐれでも、ジュリアはその気まぐれで人生を左右されるのですよ」

「シスター長、これは一時の気まぐれではありません。ジュリアを我が家に迎え入れ、ローゼマリーと同じように大切にすると約束します。それからこれを」

用意しておいた寄付金に、念のため持ってきていた金貨を上乗せして渡すと、シスター長の表情が僅かに緩んだ。もちろん、シスター長は個人の欲で顔を綻ばせたわけではない。修道院は寄付金で成り立っている。寄付金が多ければ多いほど、修道院で暮らすシスターやシスター見習い達に楽な暮らしをさせてやれるのだ。

「シスター長、私達の暮らすオリバー村は豊かな村です。観光客で賑わい、村人達は皆優しく誠実です。ジュリアに淋しい思いもひもじい思いもさせないと、リプレット修道院の聖マリア像に誓いましょう」

オリバー村という名前に反応したシスター長は、暫《しばら》くの間考え込んだ後、私達がジュリアを引き取ることを了承してくれた。

こうして私達は、王の隠し子ジュリアンを連れて、オリバー村に戻ることになったのだった。

「噂には聞いていましたけど、見捨てられた村と呼ばれていたとはとても思えませんね」

オリバー村に到着し、馬車から降りたローゼマリーが、感心したように辺りを見渡す。

「修道院まで噂が届いていたの？」

「はい。シスター達が、オリバー村に行ってラベンダー畑を見たいと大騒ぎでした。ラベンダー石鹸も使っていましたし」

（そういえば、シスター長もオリバー村という名前に反応していたものね。それにしても、修道院にまでラベンダー石鹸が普及しているなんて、工房のみんなが聞いたら大喜びね）

修道院は質素倹約が基本だ。より安価な石鹸があるのにラベンダー石鹸を使ってくれているのだから、効能を実感してくれているのだろう。

「ところでローゼマリー。ジュリアン……ジュリアって大人しいわね。会ってからまだ一言も喋《しゃべ》ってないわよ」

「ああ、ジュリアは私としか話さないので気にしないでくださいい。修道院でもそうでしたから」

『春風の恋人』によれば、ローゼマリーと出会う前のジュリアンは、心を閉ざし誰とも口を利《き》かなかった。けれど、ローゼマリーと出会い心を通わせることで、閉ざしていた心を開き成長していくのだ。

(ジュリアンの心を開くのはヒロインの役目。脇役《わきやく》は余計な世話を焼かない方が良さそうね)

それから、ローゼマリーとジュリアンを部屋に案内する。ローゼマリーは私の部屋の隣。ジュリアンには、リルが使っていた部屋を使ってもらうことになった。

ローゼマリーの部屋に荷物を運ぶ。ドアが閉まった途端、ローゼマリーが口を開いた。

「それにしても……。死ななくて良かったですね。お姉様」

「えっ？」

振り返ると、腕組みをしたローゼマリーが、春の空色の瞳でこちらをじっと見つめていた。

「夜逃げ回避と死亡回避どころか、領地改革まで成功させるなんてさすがに思いもしませんでしたよ」

「あなた……まさか！」

「そのまさかです。『春風の恋人』は、私の愛読書だったんですよ」

腕組みをしたまま、ふふんと得意げな顔をするローゼマリー。

「ローゼマリー、全然気づかなかったわ！　いつ前世を思い出したの？」

「たぶん、お姉様と一緒ですよ」

「ということは……」

「お父様が、夜逃げするぞって言ったあの時です。すぐにわかりました。グランベール家。夜逃げするぞって台詞。おまけにローゼマリーなんて変な名前。普通ローズマリーでしょ。何がローゼマリーよ。ゼって何なのよ！」

「それを言ったら私もよ！　何がヴィオレットよ。普通ヴィオレッタでしょ！」

「作者さんのネーミングセンスだけは頂けませんね」

そう言って、鼻息を荒くするローゼマリー。

ローゼマリーは、元々おっとりした話し方をする大人しい女の子だった。けれど、前世を思い出した新生ローゼマリーに、以前の幼い少女の面影はない。

「だけど、あなたあの時、『お父様、よにげってなあに？』なんて言ってなかった？」

「あれはそういう作戦ですよ。夜逃げってなんですかぁ？　夜逃げってこわ～い。夜逃げなんてやめましょうっていう」

「そんなの通用するわけないじゃない」

「あのお父様なら案外いけたと思いますよ。それにしても、あの時は本当に焦《あせ》りました。お父様もお兄様もお姉様もみんな死んじゃうなんて、さすがに嫌でしたからね。ひとまず夜逃げだけは回避しようとしたんです。そうしたらお姉様が、物凄い勢いで『夜逃げなんていけません！』って。お姉様も前世を思い出したんだって、しかも『春風の恋人』の読者なんだってすぐにわかりました」

「それなら、借金の返済に協力してくれたらよかったのに。すんごく大変だったんだから」

「それはダメですよ。11歳の私が借金問題を解決するなんて、さすがにおかしいでしょ？　それに、私は私でそれなりに忙しかったんです」

「あなたまさか……。何か作ったりした？」

「バレちゃいました？　借金問題が暴露された途端、食事はパンとミルクだけになったでしょ？　そうしたら、どうしてもポテトチップスが食べたくなったんです。じゃがいもと油と塩さえあれば、ポテチは作れますからね。メイドと一緒に厨房で作ったんですけど、みんなもとってても喜んでくれましたよ」

「作って食べたどころじゃないでしょ。あれ、平民の間でめちゃくちゃ流行《はや》ってるわよ」

「じゃがいもも無料じゃないですからね。市場で親しくなったおかみさんに交渉して、じゃがいもを貰う代わりにポテトチップスの作り方を教えたんです。そうしたら露店で売るって言い出して、あっという間に大流行したんですよ」

　再び鼻を鳴らしながら、得意げな顔をするローゼマリー。

「そういうことだったのね。ところでローゼマリー、あなたの愛読書が『春風の恋人』ってことは、ジュリアのあれも知ってるってことよね？」

「ああ、本当はジュリアンっていう男の子で、王の隠し子だってことですか？」

「そうそう」

「お姉様、気をつけてくださいね。私達は前世で小説を読んだから知ってるだけで、本来は誰も気づいていないっていう設定なんですから。それに小説通りなら、お姉様はすでに死んでいて、ジュリアンに会うことのない人物なんですからね。そこのところよろしくお願いしますよ」

「わかったわ。だけど……。そう考えると、やっぱり修道院で暮らした方がよかったんじゃない？」

「そうなんですけどね。ただ、これ以上お父様を黙らせるのは難しいでしょ？　大事なのは私とジュリアンの関係性ですから。その辺は私が頑張りますよ。それにしても、お姉様はすごいですね。夜逃げ回避だけするのかと思ったら、金貨5万枚の借金まで返して、おまけにこの村をこんなに豊かにしたんですから」

「ただ夢中でやっただけよ。あなたと違って、小説の冒頭で死んじゃう私は、自分がこの先どうなるかなんて知らないんだから。そういえば……。ジュリアンって将来王様になるのよね？」

「そうですよ」

「待って！　そうよ、それであなたは……」

「私は未来の王妃です」

「おっ、王妃さま！」

それから、これまでに見たことがないくらい真剣な顔をしたローゼマリーは、空色の瞳を瞬《まばた》かせながら真《ま》っ直《す》ぐに私を見た。

「お姉様、私は立派な王妃になります。何代先になるかわかりませんが、この国を、くだらない身分制度なんてない、みんなが笑って暮らせる国にしてみせます。前世で暮らしていた日本みたいな、そんな国に。私の代では叶《かな》わないかもしれません。いえ、きっと叶わないでしょう。だけど、必ずその礎を築いてみせます。見ていてくださいね、お姉様」

「ええ、見てるわ。約束よ、ローゼマリー」

その夜、私達は前世の話をたくさんした。好きだったアイドルとか、アニメとか、漫画とか、話は尽きない。もし前世で会っていたら友達になれたかもしれないな。そんなふうに思う。
それから、ローゼマリーのベッドで、くっつきながら眠った。

閑話

新メニュー

ローゼマリーとジュリアンがオリバー村に来てから、1ヶ月が経《た》った。

二人は進んでグランベール邸の家事を引き受け、特に修道院でみっちり仕込まれた掃除の腕前は、そこいらのメイドが舌を巻く程の才腕だ。

それから、私とリルが担当していた、土産物屋で売るラベンダークッキー作りも任せることになった。おかげで、私は新商品として売り出す予定の、ラベンダー蜂蜜の商品化に集中することが出来たのだった。

ラベンダー石鹸《せっけん》が発売されてから1年と3ヶ月。観光客が途切れることはなく、ペンションもグランベール邸の二階も客室は常に満室。予約は2ヶ月待ちだ。そこで、二軒目のペンションを建てることになった。

ペンションを建ててくれるのは、お馴染《なじ》みの大工のアントン。オリバー村をいたく気に入ったアントンは、今ではオリバー村に家を建てて、泊まり込みの仕事がない時はオリバー村で暮らしている。

新しいペンションのレストランは、一軒目のペンションのレストランより大きくなる予定だ。そこで、新しいレストランで出す新メニューを考えることになった。

新メニューを考えようと思ったきっかけは村長だ。ある日、村長がもじもじした様子で話しかけてきた。

「ヴィオレット様、ご相談がありまして……」

「どうしたんですか？　村長」

「ヴィオレット様、実は、私には長年の夢があるのです」

「夢、ですか？」

「そうなのです。実は……。私の夢は養鶏なのです」

「よう……けい？」

実は村長、ずっと養鶏を始めたいと思っていたのだが、先立つものがなく諦《あきら》めていた。けれど、今のオリバー村には石鹸事業と観光事業で得た資金がある。

「村長、いいわ！　すごくいい！　やりましょう、養鶏！」


こうして、村長の家の裏の敷地に、小さいけれど頑丈な養鶏場が建てられた。村長が手塩にかけて育てているにわとり達は、毎朝新鮮な卵を産んでくれる。その新鮮な卵を使わない手はない。

そこで、新メニューを考案するための会議が開かれた。メンバーは、私、ローゼマリー、ジェシカ、ナタリー、マドレーヌの三姉妹、そして、レストランのコックであるジェームズだ。ジェームズは、王都で暮らしていた頃のグランベール伯爵邸の料理長だった人物だ。

私達は、グランベール邸の食堂に集まった。

「村長のおかげで、村で新鮮な卵が手に入るようになったわ。そこで、新しいレストランのメニューには卵料理を入れたいと思うの。レストランで食べる卵料理といえばあれよね」

私とローゼマリーが同時に声を上げる。

「オムライス！」

ジェシカとナタリーとマドレーヌが、不思議そうな顔をして首を傾げた。

「おむ……らいす？」

（そうだったわ。米はこの国では流通していない。オムライスを作るのは無理ね。それなら……）

「とろっとろのオムレツよ！」

「おむ……れつ？」

ジェシカとナタリーとマドレーヌが、またまた不思議そうな顔をした。

（オムライスならわかるけど、オムレツも馴染みがないってこと？　だけど、王都のグランベール邸で暮らしていた時は朝食によく食べていたような……）

「ヴィオレット様」

ジェームズが、一つ咳払《せきばら》いをする。

「オムレツには、ミンチにした肉が入っておりますから」

「そうだったわね」

この世界では、肉は前世のそれと比較にならないくらいの高級品だ。その高級な肉をわざわざミンチにして使うのだから、オムレツは裕福な家庭でしか食べられない贅沢《ぜいたく》な食事なのだろう。

「それじゃあ、ジェシカ達は普段どんな卵料理を食べてるの？」

「目玉焼きと……。あとは、バターを熱したフライパンでぐちゃぐちゃにして、塩こしょうを振ったものですね」

（あっ、スクランブルエッグね）

ナタリーが、好奇心旺盛そうな瞳《ひとみ》をキラキラと輝かせている。

「ヴィオちゃんは、そのおむれつっていうの食べたことあるの？　とろっとろってどんな感じ？　いいなぁ。食べてみたいなぁ。ねっ？　マドレーヌ」

「……食べたい……です。とろっとろ……おむれつ」

マドレーヌが、照れくさそうにポソポソと呟く。

（食べさせたい！　ジェシカにもナタリーにもマドレーヌにも、村のみんなにもオリバー村に来てくれる観光客にも、とろっとろの新鮮卵のオムレツを食べさせたい。だけど肉は高級品。レストランのメニューは平民が気軽に払える価格にしたいから肉は入れられない。それなら……）

「じゃがいもよ！」

「じゃがいも？」

「じゃがいもはオリバー村の名産品。オリバー村のじゃがいもを使った、ポテトのオムレツよ！」

ジェームズが尋ねる。

「肉の代わりに、じゃがいもを使うということですね？」

「そうよ。じゃがいもと玉ねぎ、それから……、ベーコンよ！」

この国で高級なのは新鮮な肉。長期保存するために豚肉を塩漬けにしたベーコンは比較的安価で手に入る。

「それを塩こしょうで炒めて、隠し味にマヨネーズ少々、そしてとろっとろの卵で包むのよ！」

「ヴィオレット様、ポテトオムレツいけるかもしれません。後程作ってみますので味見をお願いできますか？」

「もちろんよ！　任せたわジェームズ」

「お姉様、オムレツはおかずですから、主食が必要ですね」

ローゼマリーが、大人顔負けの落ち着き払った様子で話す。

（とろっとろのオムレツの隣に並ぶもの。それは……）

「ふわっふわの焼き立てパンよ！」

「焼き立て……パン！」

ジェシカとナタリーとマドレーヌが、ゴクリと喉《のど》を鳴らした。

「ジェームズ、王都のグランベール邸に住んでいた時は、パンはどうしていたんだっけ？」

「貴族の邸宅ではそれぞれお気に入りのパン屋がありますから、パン屋の者が毎朝屋敷に届けているのです」

「ジェシカ達は？」

「ヴィオレット様達が来る前は、じゃがいもばかり食べていましたからね。時々、隣町で繕い物を届けた帰りにパンを一つだけ買って、三人で分けて食べたりしていました。今は三人ともきちんとお給料を貰《もら》ってるし、バーグマンさんの商店に行けばパンはいつでも買えますから。だけど、焼き立てのパンっていうのは食べたことがないですね」

ますます瞳を輝かせたナタリーが、うっとりした顔をする。

「食べてみたいなぁ！　焼き立てのパン。ねっ？　マドレーヌ」

「ふわっふわの……パン。食べたいなぁ……」

「申し訳ありません、皆様！」

突然立ち上がったジェームズが、直角90度に頭を下げた。

「料理人になり苦節30年、一度はグランベール伯爵邸の料理長まで上り詰めた私ですが……。パンは……パンは作れません！」

「いっ、いいのよ、ジェームズ。頭を上げて」

「そうですよ。パン屋でもないのにパンなんて作れませんよ」

心底悔しそうなジェームズを、私とジェシカが慰めていると、

「ふふふふ」

何処からか不気味な笑い声が聞こえてくる。

「ローゼマリー？」

「お姉様、私を誰《だれ》だと思っているんです？　私はパン作りが趣味の主婦を前世に持つ女、ローゼマリー・グランベールよ！」

「ぜんせ？」

「しゅふ？」

「ローゼマリー！　落ち着くのよ！」

「これが落ち着いていられますか！　ジェームズ！」

「はい！　ローゼマリー様」

「アップルパイが焼けるということは、厨房にオーブンはあるのね？」

「はい、オーブンはございます」

「今すぐ……今すぐバーグマンさんの商店に連絡してちょうだい！　イーストを……ドライイーストを仕入れてほしいと！」


5日後、バーグマンの商店にドライイーストが入荷した。

前回と同じメンバーにジュリアンが加わり、グランベール邸の食堂に集合する。

「この世界にドライイーストがあって良かった！　作者様ありがとう！」

ローゼマリーは、ドライイーストに手を合わせて拝んでいる。

材料を確認し、パン作りの開始だ。ジュリアンはローゼマリーの助手として呼ばれたらしい。

「子供の体は体力がないですからね。だからジュリアを連れてきたんですよ。ジュリア、もっとよく捏《こ》ねるのよ！」

一所懸命に生地を捏ねるジュリアンを叱咤するローゼマリー。

強力粉、塩、砂糖、牛乳、バター、ドライイーストを、混ぜて、捏ねて、発酵させて、丸めて、パンの形に成形する。

「今日は白パンですけど、レーズンパンだってくるみパンだって作れますからね」

予熱したオーブンに並べ、150℃で15分。

ふわっふわの焼き立てパンが完成した。

「美味《おい》しい！」

「これが……ふわっふわ……！」

「焼き立てのパンって、こんなに美味しいんですね！」

ジェームズも、顔を綻ばせながら焼き立てパンを頬張《ほおば》っている。

「ああ、これ、あれが欲しいわ」

「わかります。あれですよね」

「そうそう、あれあれ！」

私達は、全員で顔を見合わせて言った。

「ジャム！」


その後、アントンとお弟子さん達が頑張ってくれたおかげで、半年経たないうちに新しいペンションが建った。名付けてオリバー村のラベンダー西館。

ラベンダー色の壁。白い柵のドーマー窓。濃紺の三角屋根。その上で、風見鶏が風に吹かれて揺れている。

客室はすぐに予約で埋まり、連日満員御礼だ。

レストランの厨房には、ジェームズが使うオーブンの他に、パンを焼く専用のオーブンも設置してもらった。

それから、ジェームズがほうぼうの伝《つて》を辿《たど》り、働き者のコック見習いを探してきてくれた。コック見習いのアンソニーは、ローゼマリーからパンの焼き方を伝授されると、持ち前の勤勉さでそれをすぐに習得した。

そして、彼は毎朝、誰よりも早く起きてパンを焼いている。

新メニューはすぐにレストランの人気メニューになった。

オリバー村産の新鮮卵で作るとろっとろのポテトオムレツに、レストランの厨房で焼くふわっふわの焼き立てパン。オリバー村名物のラベンダージャムを添えて。

そして、オリバー村は、今日も賑やかな一日になるのだった。

7章 新しい生活

ローゼマリーとジュリアンがオリバー村に来てから、３ヶ月が過ぎた。ある日、父が王城に呼び出された。石鹸《せっけん》を平民の間に普及させ、流行《はや》り病の予防に貢献したとして、国王から褒美を賜ることになったのだ。

一人で行くのは嫌だと言う父に付いてきたものの、王に謁見できるのは父だけなので、王城の庭園で、待ち合わせしている兄のエドワードを待っていた。

「ヴィオレット！」

「お兄様！」

兄とはスカルスゲルド商会との打ち合わせで王都に来た際たまに会っていたので、感動の再会でも何でもない。

その時、エドワードの隣に身なりの良い男性が立っているのに気が付いた。

金色の髪に赤い瞳《ひとみ》……。

（赤い……瞳!?）

「王子殿下。ご挨拶《あいさつ》が遅れました。グランベール男爵家長女、ヴィオレット・グランベールと申します」

カーテシーをし、身を低くする。

この世界で、赤い瞳を持っているのは王家の血を継いでいる者だけ。金色の髪に赤い瞳を持っているのは、この国の王子イグナシオだ。

イグナシオは、その赤い瞳で私の頭の先から足の爪先までをジロジロ眺めた。

「ふーん。顔はそこそこ美人だし、まあまあいい体をしているな」

(はあ⁉　前世ならセクハラで訴えてやるわよ！)

「しかし、男爵令嬢か……。まあ、身分などどうとでもなるか」

わけのわからないことを言っている。

(ああ、猛烈に殴りたいわ)

「幾つになる？」

「17歳です。もうすぐ18歳になります」

「ほぉ！　それはいい」

(だから何がよ！)

「では私は行く。だいたいわかったからな」

舌なめずりをするようないやらしい笑みを浮かべながら、イグナシオは去っていった。

「ちょっとお兄様！　何なんですかあいつは！」

「ヴィオレット！　声が大きい！　不敬罪で捕まるぞ。僕にもわけが分からない。ついさっきそこで会って、妹に会うと言ったら付いてきたんだ」

その時、父がやって来た。

「お父様、今王子殿下が来て、失礼なことを言われたんですよ」

「ああ……。そう……なのか」

私の言葉に、そっと目を逸らす父。

（この人、絶対に何かやらかしたわね）

「お父様、何かありましたね。白状してください」

「実はな。王から、ヴィオレットをイグナシオ王子の結婚相手にどうかと打診されてな」

「私、男爵令嬢ですよ。身分的にありえないでしょ」

「それがな……。石鹸事業を始めたのはお前だと王に話してしまったのだ。そうしたら、それ程優秀な娘なら未来の王妃に相応《ふさわ》しいと言い出してな。適齢期を過ぎた王子の相手が決まらないのを、相当気に病んでいる様子だった」

「それで、お父様は何と答えたのですか？」

「一度本人に聞いてみると」

（何てこと言ってくれちゃったのよ！）

「ヴィオレットが王城に来ていると伝えたら、その場にいたイグナシオ王子が飛び出していってな。まさかお前に会うためだったとは」

それで全《すべ》て繋《つな》がった。私が王城にいると知ったイグナシオは、私の品定めに来たのだ。

（お父様について来ただけなのに、何でこんなことになるのよぉ！）

帰りの馬車の中、父とは一言も口を利《き》かなかった。屋敷に着くと、自分の部屋に駆け込みベッドに体を沈める。

（あんな男と結婚なんて、冗談じゃないわよ。しかも王子だなんて。もし結婚したら、朝から晩まで王妃教育とかさせられちゃうのよ。ん……？　何か引っかかるわね。王妃教育？　未来の王妃はローゼマリーじゃない）

一度読んだだけの、『春風の恋人』の内容を必死に思い出す。

今から数年後、王が病に伏せると、ジュリアンがクーデターを起こし、イグナシオ王子はジュリアンと仲間達に断罪される。理由は、隣国と通じ、金を受け取るかわりにこの国の軍事機密を流していたから。その時、イグナシオ王子の関係者は全員処刑されるのだ。

（妻なんて、確実に処刑されるポジションじゃない！）

ベッドから飛び起きて、ローゼマリーの部屋に突撃する。

「ローゼマリー！」

「お姉様、どうしたんですか？」

取り乱した様子の私を見たローゼマリーは、読んでいた本をそっと閉じた。

「ローゼマリー、大変なことになったわ！」

事の次第を話すと、ローゼマリーは大きな溜《た》め息《いき》をついた。

「お姉様、詰みましたね」

「やっぱりそう思う？」

「はい。王様が王子との結婚の打診をし、お父様が本人に聞いてみると言った。それを聞いた王子がお姉様に会いに行き、お姉様は王子に会った。お姉様には婚約者も恋人もいない。この状況で断りを入れたら、王子はこう思うでしょうね。自分の事が気に入らないから断ってきたのだと。『春風の恋人』の中のあの男をよく思い出してください。勉学も仕事も出来ず、剣の腕も立たないくせにプライドだけは富士山並み。おまけに短絡的ですぐに癇癪《かんしゃく》を起こす。きっともの凄く怒るでしょうね」

「私、何かされるかしら？」

「お姉様どころじゃありません。あの男に目をつけられたら、オリバー村なんて次の日には地図から消えますすよ」

「そんなの絶対にダメよ！　……こうなったら結婚しちゃう？　クーデターが起こる前に離婚すればいいんじゃない？」

「お姉様、王族と結婚しておいて簡単に離婚出来ると思いますか？」

「そうよ！　処刑するのはジュリアンと仲間なんだから問題ないじゃない。いくらなんでも、恋人の姉を殺したりはしないでしょ？」

「それは無理です。クーデターが起きた時点で、私は未来の王妃でも何でもない、ただのジュリアンの友達なんです。そんなポジションの私の身内だからと、国の機密を売った王子の妻を助けると思いますか？」

「そんなぁ……」

ローゼマリーは、本日二度目の大きな溜め息をついた。

「お姉様、よく聞いてください。お姉様が助かる道は一つしかありません。今すぐ結婚相手を探してください。元々結婚の約束をしていた恋人がいて近く結婚する予定だった。お父様にはまだ伝えていなかったのでお父様は知らなかった。そういうことにするんです。何で王子が結婚していないかわかりますか？　王子が好みにうるさいのもありますが、王子側が結婚を打診しようとすると、相手側がすぐに他の男性と婚約か結婚をするからです。いくら王妃の地位が魅力的でも、誰《だれ》もあのクズと結婚したくないしあのクズに娘をやりたくないんですよ。波風を立てずに断るにはこの方法しかないんです」

「だけど、そんな相手いないわよ」

「だから探すんですよ。だけどぽっと出の男じゃダメですよ。王子との結婚が嫌で無理矢理相手を見つけてきたと思われたら、結局王子を怒らせてしまいますからね。お姉様と親交があって、独身で婚約者のいない男です」

「親交があるって、そんなの村の人くらいしか……。あっ！　ケビンはどうかしら？」

「ケビンさんはジェシカさんのことが好きでしょ！　それに、ただの村人じゃ王子は納得しませんよ。いないんですか？　お姉様と親交があって、独身で、婚約者がいなくて、貴族じゃなくてもそれなりの地位の若い男！」

「…………あっ！　一人いたわ」

それから数日後、銀色の髪、美しいアメジストの瞳の超絶イケメンに、私は言った。

「結婚してください！」

「はぁ⁉」

そしてその1ヶ月後、私はヴィオレット・スカルスゲルドになった。

スカルスゲルド邸。貴族の屋敷ほど大きくはないが、二人で住むには十分すぎる広さの、無駄な装飾のないシンプルな邸宅。

使用人の姿は見えない。とても静かだ。

「俺《おれ》は平民だからな、厨房にコックはいるが、身の回りの世話をする使用人はいない。必要なら自分で雇え」

「私も使用人はいりません。オリバー村では、身の回りのことは自分でしていましたから」

「伯爵家の令嬢だった人間が、よく平気でいられたな」

普通の令嬢なら無理だっただろう。だけど、私には前世で日本人として暮らしていた記憶がある。

「掃除をする者は、週に三度決まった曜日に来る。それ以外に人の出入りはない」

「わかりました。ところで……」

「何だ？」

「私は何処で寝ればいいのでしょう？」

美しいアメジストの瞳が、キッと私を睨《にら》む。

「言っておくが、寝室は別々だからな！」

（当たり前じゃない！　私達契約結婚なのよ！）

案内された部屋の整えられたベッドに腰を下ろす。白いアンティークのチェストと本棚。元々部屋にあったものなのか、それとも私のために用意してくれたものなのか。

（まさかそれはないわね。これは期間限定の契約結婚なんだから）

それから、ふかふかのベッドに横になった。そして思う。

（どうしてこんなことになったんだっけ？）


遡《さかのぼ》ること1ヶ月前。

スカルスゲルド商会を訪ねた私は、テオの顔を見るなり声を張り上げた。

「結婚してください！」

「はぁ⁉　何を言っているんだお前は！」

その時、テオの無表情が崩れるのを、私は初めて見たのだった。

「私、すぐに結婚しなくてはならないんです」

「落ち着いてくださいヴィオレット様。何があったんです？」

カルロが宥《なだ》めるように尋ねる。

「私、王子殿下との結婚を打診されてしまったんですよ！」

それから、二人に事の次第を話した。もちろん、『春風の恋人』を読んで知っている未来のことは省いて。

「それは不味《まず》いですね。あの男は、無能のくせに自尊心だけは恐ろしく強いのです。結婚の話を聞き、わざわざヴィオレット様の元に出向いたにもかかわらず正当な理由なく断られたら、物凄く怒るでしょうね。怒ったら何をするかわかりませんよ」

（カルロったら、ローゼマリーと全く同じ事言ってるわね）

「そうなのです。だから、王家から正式に王子との結婚を打診される前に、結婚しなくてはならないのです。そして、その相手はテオ様しかいません」

「何で……俺なんだ？」

「私の周りで、独身で、恋人がいなくて、私と以前から親交があって、王家が納得しそうな身分の男性はテオ様しかいないのです」

険しい表情をして目を閉じたテオは、顔と同じくらいきれいな指で眉間を押さえた。

（ん？　罵声を浴びせられるかと思ってたけど、もしかしていける？　もう一押し？　それなら……）

「契約結婚でもいいんです」

「契約……結婚？」

「3年……せめて1年だけでもいいんです。期限が過ぎたらきれいサッパリ離婚します。期間限定の契約結婚ならどうですか？」

溜め息をつきながら、髪をぐしゃぐしゃにかき上げるテオ。

「お前と結婚して、俺に何の得があるというんだ」

私の武器。それは前世の記憶があるということ。

「私、商売で必ず役に立ちます！」

カルロが、何故《なぜ》だか嬉《うれ》しそうににやにやしている。

「いいじゃないですか。ヴィオレット様は商会にとって喉《のど》から手が出るほど欲しい人材ですし、結婚すれば、女性からのしつこい手紙や贈り物攻撃や付《つ》き纏《まと》いに悩まされることはなくなりますよ。煩《わずら》わしくて仕方がないと常々言っているではないですか。それに、商売をする上で既婚者の方が得だと身に沁《し》みてわかっているでしょう？　既婚者というだけで信用度が格段に上がりますからね」

「そうは言っても急に結婚など……。そもそも、王子と結婚すれば未来の王妃だぞ。貴族令嬢にとって最高の相手ではないのか？」

「未来の王妃だろうと何だろうと、あんな男と結婚するのだけは嫌なんです」

「ヴィオレット様、もしかして何かされたのですか？」

いつの間にか、カルロの顔からうさんくさい笑顔が消えている。

「されたわけではないですが、言われました」

「何と……言われたのですか？」

「顔はそこそこ美人だし、なかなかいい体をしていると」

その時、テオが勢いよく立ち上がった。

「テオ様？」

「会長？」

「……………する」

「えっ？」

「はい？」

「結婚するぞ！」


1ヶ月後婚姻届を提出し、私は今ここにいる。

（こんなにトントン拍子に進むなんて、むしろ怖いくらいだわ）

私達の結婚は、新聞の一面に載った。

『没落令嬢ヴィオレット・グランベール　急成長を遂げるスカルスゲルド商会長　テオ・スカルスゲルドと結婚』

事業で知り合い、力を合わせてラベンダー石鹸を普及させながら、愛を育んでいったカップル。

文句のつけようのない完璧《かんぺき》なラブストーリーだ。

その後王家から正式な結婚の打診はなく、私はイグナシオ王子の怒りを買わずに済んだのだった。

（そういえば……。契約結婚の契約についてちゃんと話し合えていないのよね。落ち着いたら話し合わないとね）

次の朝、伝えられていた時間に食堂へ行く。

昨夜、テオが屋敷を一通り案内してくれたので食堂の場所はわかる。シンプルな間取りなので迷うことはない。

食堂に入ると、テオが先に席に着いていた。

「おはようございます」

「ああ」

ゆっくりした動作で、シャツの袖《そで》のボタンを留めてネクタイを締めるテオ。

（それにしても……。朝の身支度をするイケメンって、何でこんなに絵になるのかしら？）

朝食が運ばれて来る。パンにチーズ。ゆで卵にベーコンがのったサラダ。どれも美味《おい》しい。

テオが口を開く。

「今日の昼、商会へ来い」

「わかりました。仕事の話でしょうか？」

「来ればわかる」

正午、商会へ行く。スカルスゲルド邸から商会までは徒歩で10分もかからない。

案内されたのは、いつもの応接室ではなくテオの執務室だった。カルロの姿もある。

「ヴィオレット様はもうお客様ではありませんから、今後はこの執務室に来て頂くことになります」

「わかりました」

長椅子《ながいす》に腰を下ろすなり、テオが口を開いた。

「商売で役に立つと言ったな」

「はい。言いました」

「これを見ろ」

テオが差し出した書類を、向かい側の椅子《いす》に座り受け取る。

「シャーリー宝石店？」

「スカルスゲルド商会が二年前に立ち上げた、平民向けの宝石店だ」

「平民向け……ですか」

「平民に宝石店など無用だと思うか？」

「いえ。貴族だからといって皆が裕福なわけではありません。我が家のように没落したり、貴族とは名ばかりの貧乏暮らしをしている家門も一つや二つではないでしょう。反対に、商売や投資で成功し、貴族より贅沢《ぜいたく》な暮らしをしている平民もいます。それに、王宮やそれに準ずる機関に仕官し、高給を得ている者も年々多くなっていると聞いています。それを踏まえれば、平民にも宝石店の需要は十分にあるかと」

「お前の言う通り、貴族より羽振りの良い平民が増えてきている。しかし、貴族向けの宝石店は平民が店に入ることすら嫌がる。平民が出入りするような店では買い物したくない。それが貴族の総意だからだ。そこで我が商会は、平民向けの宝石店を開店させた。しかし、どうにも売り上げが芳しくない」

「それは、開店してからずっとということでしょうか？」

テオに代わり、カルロが説明を始める。

「開店当初は、羽振りの良い客がやって来て宝石を買《か》い漁《あさ》って行きました。しかし、それが落ち着くと、次第に売り上げは下がっていき、今は赤字が続いております。特別な記念日に、大切な人に贈る贈り物。普段は宝石に縁がなくても、そんな日には宝石を贈りたいと思っている者も多くいるでしょう。我々はそこにこそ需要があると思っていました。しかし、現状は我々の思うようにはいっておりません」

「グランベール家は宝石店を経営していたな。お前の得意分野だろう。さあ、役に立ってもらおうか」

長椅子に仰け反りながら、ニヤリと片方の口角を上げるテオ。

そうは言っても、当時頭がお花畑だった私は、グランベール家が経営していたビクトワール宝石店に何一つ関《かか》わっていない。

(だけど……。約束は約束よ。役に立つと言って契約結婚して貰《もら》ったんだから、役に立たないとね)

「わかりました。私、シャーリー宝石店の現状を変えてみせます！」

次の日、シャーリー宝石店に偵察に行く。

ガラス張りの明るい店内。入り口は広く、気軽に入りやすい雰囲気だ。

（思ったよりお客さんがいるのね）

店内には、年配の御婦人と若いカップル、他に数人の客がいた。

（品揃《ぞろ》えもいいし、ディスプレイも工夫されていて見やすい。店員さんの挨拶も感じがいいわね）

その時、女性の店員が御婦人に話しかける。

「こちらのネックレスのデザインは、今年の流行りなんですよ」

「そうなの？　素敵ねぇ。だけど、今年の流行りってことは、来年はもう流行っていないってことでしょ？　宝石なんて毎年毎年買えるものじゃないのに」

それから、カップルの話し声が聞こえてきた。

「この指輪がいいんじゃない？」

「これを着けて家事をしたら、壊れてしまわないかしら？」

「それじゃあ、この首飾りは？」

「とっても素敵だけど……。引っかかって壊れてしまわないかしら？」

「心配しすぎだよ」

「だけど、一生に一度の結婚の記念なのよ。すぐに壊れたりなんかしたら嫌だもの」

（うーん。どうやら、問題は買う側の気持ちにありそうね）

スカルスゲルド邸に戻り、父に手紙を書く。返事はすぐに来た。

次の日、父の手紙に書かれていた住所を訪ねる。

レンガ造りの小さな家。ドアをノックすると、60代半ばの男性が姿を現した。

「ステファノおじさん！」

「ヴィオレット様!?」

ステファノは、グランベール家が経営していたビクトワール宝石店で働いていた職人だ。

腕が良く、職人達をまとめる立場でもあった。

母が亡くなるまで、ビクトワール宝石店の経営をしていたのは母だった。子供の頃はよく母にくっついて、職人達が作業をする工房を訪れたものだ。幼い私を、職人達はとても可愛《かわい》がってくれた。

9歳の時、母が亡くなると、自然と工房から足は遠ざかった。そして金貨5万枚の借金が発覚し、ビクトワール宝石店は閉店。ステファノや他の職人達は仕事を失ったのだ。

ステファノの淹れてくれたお茶を、ダイニングテーブルで飲む。

「ステファノおじさん、お元気でしたか？　ビクトワール宝石店があんなことになってしまって……」

「はい。今は個人で宝石の修理を請け負って、何とかやっております」

「他の宝石店に就職されなかったのですか？　ステファノおじさんの腕なら引く手あまたでしょ？　父が紹介状を書いたはずですが……」

「こんな年寄りを雇う店など何処にもありませんよ。グランベール家のような寛大な方々はそうはいませんから」

「だけど……」

「その話は止めましょう。それで、今日はどうされたのですか？」

その時、部屋の隅にある作業台が目に入った。

整然と並べられた道具は、どれも手入れが行き届いている。それから、いくつかのアクセサリー。

「ステファノおじさん、あれって？」

「私が作ったものです。腕が鈍らないように、毎日何かしらの作業をしているんですよ。まあ、訓練ですね」

「見せてもらってもいいですか？」

アクセサリーを手に取る。宝石が最も輝くよう、計算し尽くされた繊細な仕事だ。

（私の勘は間違っていなかったようね）

熟練の職人技は、一朝一夕で生まれるものではない。長い年月をかけて、驕《おご》ることなく積み重ねられる鍛錬。そして、鍛錬を続ける努力を怠らない限り、その技術は失われない。

「ステファノおじさん、今日はおじさんにお話があって来たんです」

「お話とは？」

「ビジネスの話です」

「び……じね……す？　ですか？」

「はい。ビジネスの話をしましょう」

それから半月後、スカルスゲルド本社、テオの執務室。

私の前にいるのは、テオ、カルロ、シャーリー宝石店の支配人だ。

「今日はお集まり頂きありがとうございます。これより、シャーリー宝石店の改革案をお話しさせて頂きます」

（さあ、プレゼンの始まりよ！）


「私の提案する改革案は二つです。まず一つ目は、リメイク事業です」

「りめいく？」

カルロが、眼鏡《めがね》のブリッジを人差し指で上げながら聞き返す。

「はい。平民にとって、宝石は簡単に手に入るものではありません。一生に一度の贅沢と決めて、宝石を購入する人も多いでしょう。その人にとって、その宝石は一生ものなのです。その宝石が子供や孫に受け継がれ、何代も大切にされることもあるでしょう。それ程大切な宝石が、デザインが古くなり身に着けることが出来なくなったらどう思うでしょうか？　こんな宝石買わなければ良かったと、そう思うかもしれません。では、古いデザインの宝石を新しいデザインに変えられるとしたら？　身に着けることが出来なくなった宝石を、その時流行しているデザインに蘇《よみがえ》らせる、それがリメイク事業です。そのために最も必要なものは何か。それは、腕の良い職人の熟練された職人技です。ステファノさん、入って下さい」

廊下で待機していたステファノが、執務室のドアを開けた。事前にセッティングしておいた作業台の上には、彼愛用の道具が並べられている。

「このネックレスを御覧ください。これは昨年流行したデザインのものです」

私が用意したのは、中央の石座で深緑のエメラルドが輝くゴールドのネックレス。シンプルなデザインが主流な今年とは違い、当時は派手なデザインが流行していたので、バラをモチーフにした金色の花綱がチェーンに連なっている。

「今このネックレスを着けていたら、どう思われるでしょう。流行遅れと笑われてしまうかもしれませんね。それでは、熟練の彫金師が、その職人技で宝石を生まれ変わらせる様をご覧ください」

ステファノが、ゴールドのネックレスの石座からエメラルドを外す。素早く、傷一つ付けない。

それから、取り外したエメラルドに合わせて新たな石座を彫金していく。この作業が最も難しい。僅かなズレで全てが台無しになってしまうからだ。彫金が終わると、次は石留めだ。新たな石座に、エメラルドは寸分の狂いなくピタリと留まる。腕の良い職人でなければこうはいかない。他のパーツと組み合わせていき、シンプルながらもエメラルドの美しさが際立《きわだ》つ、シルバーのネックレスが完成した。

「これは……！」

「素晴らしい技術ですね！」

カルロと支配人が称賛の声を上げる。

「アクセサリーが高価なのは、宝石自体が高価だからです。チェーンやパーツはそれ程値は張りません。これだけなら、気軽に買い替えることが出来るでしょう。そして、宝石は何度でも新しく生まれ変わるのです。シャーリー宝石店でこのような事が出来ると知れ渡れば、流行など気にせずに宝石を購入して貰えるようになるはずです。そしてこの事業は、腕の良い職人がいてこそ成り立ちます。私は、このステファノさんの他に二人の職人を確保しています」

ステファノに頼み、ビクトワール宝石店に勤めていた職人に声を掛けて貰っていたのだ。

「職人には交代で店に待機してもらいます。そうする事で、店に並んでいる商品に対しても、この装飾を外したい、反対に足したい、チェーンを短くしたい、サイズを直したいなどのお客様の要望にその場で対応することが可能です。リメイクに関しても、職人とお客様が相談しながら、お客様の希望に沿って進めていく事が出来るのです。これが、私の提案するリメイク事業です。そしてもう一つ、私が提案するのは保証サービスです」

「保証サービス……ですか？」

「はい。店で扱う商品全てに、1年間の保証を付けるのです。人が大金を払い品物を購入する時、最も欲しいものは何でしょう？　それは安心です。この品物は本当に大金を払うだけの価値があるのか、それは購入してみなければわかりません。人はそこに不安を感じるのです。大切な人への贈り物なら尚更でしょう。もしそれが不良品だったら？　すぐに壊れてしまったら？　ではその品物に、購入して1年は品質を保証するという保証書が付いているとしたらどうでしょう？　万が一不良品だった場合は新品と交換し、壊れても期間内なら無料で修理する。これほどの安心があるでしょうか？　この保証サービスがあれば、高価な品物も安心して購入して貰えるようになります。高価な品物が売れるようになれば、シャーリー宝石店の売り上げは飛躍的に伸びるでしょう。以上が、私の提案するシャーリー宝石店の改革案です」

私が話し終えると同時に、カルロが拍手をする。

「さすがヴィオレット様、素晴らしいです。どうでしょう？　会長」

「うん。どちらも早速取り入れよう。支配人、準備を頼む」

「お任せください。ステファノさん達職人を迎え入れる手筈《てはず》もすぐに整えます。それにしても、ヴィオレット様は素晴らしいですな。美しいだけでなくこれ程の才能がおありとは。女嫌いの会長が見初めただけはありますな！」

「お前、余計な事を言うな！」

テオが、地獄からの使者のような形相で支配人を睨んでいる。たじろぐ支配人は、まるで蛇に睨まれた蛙のようだ。

（支配人には悪いけど、触らぬ神に祟りなしね）

私とカルロは、知らぬ存ぜぬを決め込むのだった。

8章 シャーリー宝石店とリンドベルク宝石店

シャーリー宝石店のリメイク事業と1年保証サービスが始まった。

すぐに効果は表れなかったが、口コミで噂が広がり、半年経《た》った頃には売り上げは右肩上がりになった。

保証サービスにより買い手の不安がなくなったおかげで、高価な宝石が売れるようになり、初めて宝石を買うというお客様も増えた。

それからリメイク事業。特に依頼が多いのが、両親の形見など大切な人から譲り受けたものの、サイズが合わない、デザインが古いなどの理由で身に着けることが出来なかったアクセサリー。

時を経て蘇《よみがえ》った宝石を見た人々は、みんな笑顔になる。ステファノは、そんな笑顔を間近で見られるのが何より嬉《うれ》しいのだと言った。

その頃には、私が考案した商品が店頭に並んだ。

平民は、そもそもアクセサリーを身に着けない人の方が多い。アクセサリーは着けない。だけど素敵な物が欲しい。素敵な物を贈りたい。そんな人向けの商品だ。

まずコンパクトミラー。可愛《かわい》らしい花のレリーフが施され、花の中心部分に小さな宝石が埋め込まれている。それから、キャップのクリップ部分に小さな宝石があしらわれている万年筆。これは男性への贈り物に人気だ。それから、目の部分が宝石になっているテディベア。大小のサイズがあり、好きな宝石を選べば、職人がその場で目を付けてくれる。これが子供への贈り物にちょうどいいと大流行し、シャーリー宝石店の売り上げはますます右肩上がりになった。

私は約束を果たせたことにホッとする。

契約結婚までさせたのだ。商売で役に立つという約束を果たせなければ、テオに顔向けできない。

テオと結婚して半年経ったが、シャーリー宝石店のことで忙しく、未《いま》だに契約結婚の契約の話が出来ていない。というより、言い出すタイミングを完全に失ってしまっていた。

テオは毎日夜中まで仕事をしているので、夕食は別々だ。その代わり、毎朝一緒に朝食を取る。

食堂のドアを開けると、どんなに前日遅く帰ろうとも、髪をきちんと整えたテオが先に席に着いている。

朝食が運ばれて来る間に、シャツの袖《そで》のボタンを留めてネクタイを締める。窓から入る朝の陽光に照らされたその姿は、まるで絵画から抜け出たように美しい。

そんな時、私はその姿から目が離せなくなる。

会話はいつも仕事の話。シャーリー宝石店の話やオリバー村のラベンダー事業の話だ。

オリバー村のラベンダー事業は、私がいなくても頗《すこぶ》る順調に回っている。石鹸《せっけん》作りもバスソルト作りもシステム化されているし、ペンションもスパラベンダースも村のみんながきちんと運営してくれている。嬉しい半面、淋しい気持ちがあるのが正直なところだ。

そんなある日のことだった。

シャーリー宝石店のバックヤードで仕事をしていると、テオとカルロがやって来た。

「面倒なことになったぞ」

「面倒なこと？」

テオが、バックヤードと店を仕切るカーテンを少しだけ開ける。

「あれを見てみろ」

宝石リメイクの受付カウンターで、ステファノが接客をしていた。質素な服に身を包み、つばの大きな帽子を目深に被ったご婦人と熱心に話し込んでいる。

「あれが誰《だれ》だかわかるか？」

「あのご婦人ですか？」

その凛《りん》とした横顔に見覚えがあった。

「あれは、ランプリング侯爵夫人ではないですか！」

ランプリング侯爵家は、王家と4大公爵家に次ぐ大貴族。平民向けの宝石店に、夫人自ら足を運ぶなど普通では考えられない。

「ランプリング侯爵夫人だけではない。この一週間で、三人の貴族夫人がお忍びでシャーリー宝石店に来たのだ」

横に立つテオが私の耳元で話すせいで、耳の奥がくすぐったい。

「一体、何でそんなことになっているんです？」

それをぐっと堪《こら》えて尋ねると、カルロが答えてくれた。

「ヴィオレット様。どうやら、リメイク事業の評判が、貴族の間で広まっているようなのです」

「カルロ様、それは本当ですか？」

「確かな情報です。貴族向けの宝石店ならば、呼ばれれば邸宅まで伺うのが当たり前です。しかし、この店はそのようなことはしません。シャーリー宝石店は平民向けの宝石店なのですから。それに、宝石リメイクの強みは、職人と直接話しながら細かい部分まで決められる点です。使用人では不足があるのでしょう。そのため、貴族のご夫人が自ら足を運んで来る事態になっているのです」

「侍女も連れずにですか？」

「侍女を連れてきた時点で、お忍びではないでしょう？」

ランプリング侯爵夫人を見送り、バックヤードに来たステファノにテオが尋ねる。

「今のご夫人はどんな注文だったのだ？」

「今のご夫人ですか？　テレンス夫人と仰《おっしゃ》る方で、亡きお母様の形見のネックレスを持っていらしたのです。大きめのメレダイヤで囲んだルビーのネックレスで、非常に重く、歳《とし》を重ねた今ではとても着けていられないと仰っていました。そこで、中央のルビーを外し、シルバーチェーンの軽《かろ》やかなネックレスにリメイクすることにしました。それだけでは味気ないので、チュール細工を施したパーツをチェーンの連結部分につけて、華やかさを加えることにしたのです。チュール細工は難しい技法でその分料金が高くなりますが、値段は気にしないと仰いまして……。どうやら、裕福なご家庭のご夫人のようでした」

ステファノは、接客した相手が侯爵夫人とは気がついていないようだ。

「ステファノおじさん、ありがとう。仕事の邪魔をしたわね」

「とんでもないことでございます、ヴィオレット様。それでは、私は仕事に戻ります」

ステファノが店内に戻ると、テオが話を続けた。

「他の二人の夫人は、エグバーク伯爵夫人とカーライル子爵夫人だ。どちらの家門も、事業と投資の失敗で懐《ふところ》事情が悪いらしい。そんな状況でも、社交シーズンになれば毎夜開かれる夜会や舞踏会に参加しなければならない。去年と同じ宝石を身に着けて参加しようものなら、詮索され、見下され、孤立してしまう。それが貴族社会なのだろう？」

「それで、お忍びでリメイクをしに来たというわけですね。だけどいいではないですか。お忍びで来ているのだし、シャーリー宝石店の利益《りえき》になります。一体何が面倒だというのです？」

「あいつが黙っていないだろう」

「あいつ？」

「リンドベルク宝石店の経営者兼支配人、ジャック・リンドベルクだ」

「ジャック・リンドベルク……」

「向こうは貴族向けの宝石店。客層は被っていないのだが、近くに店を構えているからか、シャーリー宝石店を何かと目の敵にしてくるのだ」

いつもうさんくさい笑顔を浮かべているカルロまで、深刻な表情をしている。

「ランプリング侯爵夫人は、リンドベルク宝石店の上客です。お忍びでシャーリー宝石店に来ていることを知れば、何かしてくるかもしれませんね」

「そうだな。念のため店の警備を強化しろ」

「畏《かしこ》まりました、会長」

「……おい、どうした？」

「ヴィオレット様？　大丈夫ですか？」

私の顔を心配そうに覗《のぞ》き込むカルロ。テオのポーカーフェイスもほんの少し崩れている。

「いえ、何でもないです。気にしないで下さい」


スカルスゲルド商会に戻る二人を見送り、閉店までシャーリー宝石店にいた私は、その帰り道ある場所へ向かった。

リンドベルク宝石店。

店の前面がガラス張りになっていて、天井《てんじょう》の高い豪奢《ごうしゃ》な店内がよく見える。ウインドウには美しい宝石がディスプレイされ、通りを歩く人々の目を惹《ひ》きつけていた。

今は当たり前になっている装飾品店のこの建築形態。これを最初に考えたのは母だった。

それまでの宝石店は、店の者が厳選した宝石を持参し、貴族の邸宅を訪ねることが多かった。

貴族が店に訪れた場合は、応接室に通され、店の者が希望の宝石を聞き、バックヤードから持ってくるというスタイルが主流だった。

店舗は閉鎖的な造りで、外から中は見えず、気軽に入ることの出来ない格式の高い場所だったのだ。

母はそんな宝石店の在り方を変えたいと思った。沢山の人が気軽に店内に入り、宝石を手に取り、自分の目で選べる場所にしたい。そう願った母は、何年もかけて準備をし、ガラス張りの前面、同じくガラス張りのウインドウがある様式にビクトワール宝石店を改装した。

あと二週間で改装が終わるという時だった。同じ通りに、リンドベルク宝石店という宝石店が新しくオープンした。ガラス張りで、ウインドウがある店だった。

ビクトワール宝石店の改装を担当した建設業者を買収したジャック・リンドベルクが、図面と外観図を盗み、ビクトワール宝石店より早く新しい形態の宝石店をオープンさせたのだ。

それより二週間遅れで改装を終え、リニューアルオープンしたビクトワール宝石店は、リンドベルク宝石店の真似をした、二番煎じと揶揄《やゆ》され、客が入らなかった。顧客はリンドベルク宝石店に流れ、ビクトワール宝石店は、その後二度と黒字にはならなかったのだ。

それから少しして、母は亡くなった。残されたのは、改装にかかった莫大な借金と赤字続きの宝石店。母を心から愛していた父は、母の遺したビクトワール宝石店を手放すことが出来ず、営業するだけで赤字の出る店の経営を、グランベール伯爵家が没落するまで続けた。

今思えば、グランベール伯爵家が傾いたきっかけはあの一件だったのだ。

ジャック・リンドベルクの名前を聞くのはそれ以来だった。経営者兼支配人なら、今この店の中にいるかもしれない。

（入ってみる？）

前世を思い出す前の頭の中がお花畑だった私には無理でも、今の私なら一泡吹かせることが出来るかもしれない。だけど……。

（止めよう。何か問題が起きれば、シャーリー宝石店とスカルスゲルド商会に迷惑をかけてしまう。そんなことになったら自分を許せないもの）

そうして、スカルスゲルド邸に帰った。


事件が起きたのは、それから1週間後のことだった。

出勤途中のステファノが、何者かに襲われてひどい怪我《けが》をしたのだ。体を引きずりながらシャーリー宝石店に辿《たど》り着いたステファノの顔は、元の顔がわからないくらいに腫れ上がり血まみれだった。

「ステファノおじさん！」

「……ヴィオレット……様。やられて……しまいました。しかし……、この手だけは守りましたぞ」

ステファノは、力なく笑ってみせる。

「おじさん……」

手は職人の命。普通は手で頭や顔を守るところを、ステファノは手を守ったために顔が傷だらけになったのだ。

テオとカルロが店に駆け込んでくる。傷だらけのステファノを見たテオが、床に膝《ひざ》をついた。

「すまないステファノ。俺《おれ》の危機管理が甘かった」

「止めてください、会長様」

「恐らく、ジャック・リンドベルクの手の者の仕業だろう。ステファノがランプリング侯爵夫人の宝石のリメイクをすると知り、それが出来ないように傷を負わせたのだ」

「奴《やつ》の考えそうなことですね」

カルロが、憎らしそうに鼻を鳴らす。

「許せないわ！　あんの……」

（ゲス野郎！）

そう言いかけた時だった。

「私の……私の大切な従業員に、何てことしてくれるんだぁ！」

そう叫んだのは、支配人だった。

「あんの……腐れ外道！　たわけ野郎！」

「しっ、支配人、おっ、落ち着いて！」

「馬に蹴《け》られて、飛んでいってしまえぇ！」


支配人が平常心を取り戻した後、カルロと支配人がステファノを病院へ連れて行った。手当てを終えたステファノは、そのまま支配人の屋敷で養生することになった。家に帰る、大丈夫だと言うステファノを、支配人が半ば無理矢理連れて帰ったらしい。一人暮らしのステファノを心配してのことだろう。

ステファノが怪我をした翌日、テオと一緒にシャーリー宝石店に来たカルロが、私と支配人をバックヤードに呼んだ。

「目撃者を見つけましたよ。ステファノさんは、突然数人の若者に囲まれて、路地裏に連れて行かれたそうです」

「初めから、ステファノおじさんを狙《ねら》った犯行なのは間違いないようですね」

「目撃者の話によれば、そのうちの一人がリンドベルク宝石店の小間使いだそうです。足の悪い若者で、リンドベルク宝石店に出入りしているのを何度も見たことがあると」

「それじゃあ、やっぱり」

「ジャック・リンドベルクの仕業で間違いないでしょう」

「警備隊に通報しましょう！」

出入り口に向かおうとする私を、テオが静止する。

「無駄だ。直接手を下した若者のうち、下っ端の数人が捕まってしまいだろう。その小間使いすら捕まらないかもしれないな」

「そんな……」

「心配するな。このままで終わらせるつもりはない。ステファノの敵《かたき》は討つ。支配人、ステファノが担当していた宝石リメイクはどうなった？」

「殆《ほとん》どは他の職人に引き継ぎました。他の職人も腕が良いですからね。ただ、ランプリング侯爵夫人の依頼だけは、他の職人ではこなせないようです。ランプリング侯爵夫人とステファノさんが、長い時間をかけて細かい部分まで決めておりましたし、何やら難しい細工を施したパーツを使うそうで。その細工が、ステファノさんにしか出来ないのだそうです」

「そうか……。わかった。その件は俺が預かろう。もしランプリング侯爵夫人が進捗状況を聞きに来たら、順調だと伝えてくれ。ところで、お忍びの貴族は相変わらず店に来ているのか？」

「はい。昨日も、お忍びと思われる貴族のご夫人がご令嬢を連れていらっしゃいました。ピンクダイヤの指輪をティアラにリメイクしたいそうです。ご令嬢のデビュタントに使うのでしょう」

「お忍びで来る貴族達は、店内の宝石は見ていくのか？」

「それが……、見向きもされません。貴族のご夫人が興味があるのは宝石リメイクだけです。それぞれ御用達の宝石店がありますから、新しい宝石はそちらで誂《あつら》えるのでしょう」

「ふーん……」

考え込むようにして宙を見つめていたテオが、突然こちらを向いた。

「お前……いや、ヴィオレット。お忍びで来た貴族夫人や令嬢が、うちで宝石を買うようにしてみろ」

「はっ？」

「リメイク以外にも興味を持たせて、店に並ぶ既製品を買うように仕向けるのだ。お前なら出来るだろ？」

「いや……」

「商売で役に立つと言ったのは嘘《うそ》だったのか？」

「いえ、嘘ではありません。だけど……。そんなことをしたら、ジャック・リンドベルクがますます黙っていないのではないですか？」

「だからだ」

「はっ？」

「貴族夫人や令嬢が、宝石のリメイクに来るだけでなく既製品まで買うようになったら、高みの見物などしていられなくなるぞ。人を使って悪さをし、陰にこそこそ隠れている卑怯者《ひきょうもの》を、お前が引き摺り出してやるのだ」

「……わかりました。私、やってみます！」

とは言ったものの……。

（平民向けの宝石店で貴族に宝石を買わせるなんて、一体どうすればいいわけ⁉）

そもそも私に宝石の知識はない。グランベール家が没落する前は高価な宝石を身に着けてはいたが、瞳《ひとみ》の色であるサファイヤか、その時々のドレスに合う宝石を宝石商の薦めるままに選んでいただけだった。それに、ビクトワール宝石店の事業には全く関《かか》わっていない。

私の強みは前世の知識があることだが、前世に至っては本物の宝石なんて見たことも触ったこともないのだ。

「そんな私に、一体どうしろっていうのよ〜！」

（落ち着くのよヴィオレット。よく考えて！　私の強みは前世の知識があること。前世の私の趣味は図書館でその月に発売される雑誌を読むこと。雑誌……そう、雑誌よ！）

半月後、ランプリング侯爵夫人がシャーリー宝石店に来店した。依頼している宝石リメイクの進捗状況を確認しに来たのだ。もちろん、テレンス夫人という仮の姿で侍女も連れていない。恐らく店の外で待機しているのだろう。

支配人と少し話をした後、振り返った侯爵夫人は、壁側のディスプレイに目を留めて立ち止まった。

「ねぇ、そこのあなた」

「はい」

近くに待機していた私が声をかけられる。

「これは一体何なの？　この1月、2月、3月……というのは。その下に同じ宝石が並べられているようだけど」

「お客様、こちらは誕生石です」

「誕生石？」

前世で読んでいた雑誌の巻末には、必ずといっていいほど占いのページが掲載されていた。殆どが星座占いだが、一冊だけ違う占いが載っている雑誌があった。私が気に入って毎月読んでいたその雑誌の占いページは、誕生石占いだった。各月の欄に載っている宝石の写真がとても綺麗《きれい》で、自分の誕生月だけでなく、他の誕生月の宝石についても熱心に読んだものだ。

（私には宝石の知識はない。だけど、私には誕生石の知識があるのよ！）

そこで、店内の壁側のディスプレイを変え、各月を記したプレートの下に、その月の誕生石のアクセサリーを陳列した。これなら大掛かりな改装も必要なく、プレート代だけの出費で済む。

そもそもこの国では、自分の瞳の色か、配偶者、または婚約者の瞳の色の宝石を身に着けることが多い。

夫婦同伴や婚約者と参加する夜会や舞踏会で、相手の瞳の色以外の宝石を身に着けることは、相手側からすれば失礼なことであり、周りからは、夫婦仲を疑われたり婚約者と上手くいっていないのかと詮索されてしまう。

贈り物に関してもそう。貰《もら》う宝石といえば自分の瞳の色の宝石が大半で、後は夫か婚約者か恋人が贈ってくる相手の瞳の色のもの。

若い令嬢ならまだしも、何十年も同じ色の宝石を身に着け、贈られ続けたら、さすがに飽きてしまうだろう。けれども、何か正当な理由がない限り、特に公の場では、他の宝石を身に着けることは許されない。

そして、誕生石はその正当な理由になるのだ。

「誕生石とは、生まれ月に割り当てられた宝石のことを指します。例えば1月生まれはガーネット、2月生まれはアメジスト。それぞれの月に、その月に最も力を発揮するといわれる宝石が割り当てられているのです」

「あら、初めて聞くお話ね」

「古代から伝わる伝承でございます。誕生石は、身に着けることで幸運を呼び寄せるといわれております。また、守護石として持ち主を守ってくれるのです」

「まあ！　そのような力があるのね」

「誕生石は贈り物としても最適です。大切な人を守りたい、幸せになってほしいと願う気持ちを、誕生石を贈ることで伝えることができるのですから」

「まあ、何て素敵なの！」

「お客様の誕生月を伺っても宜《よろ》しいでしょうか？」

「私は3月生まれよ」

「3月の誕生石はアクアマリンです。アクアマリンは、波を落ち着かせ、海上での安全を守ってくれる宝石として、古代の船乗り達に大切にされてきたという伝承があるのですよ」

「……来週、私の家門の商船が、大事な商品を載せて隣国から渡ってくるのよ」

（家門って……。お忍び設定をすっかり忘れちゃってるみたいね）

「それならば、きっとアクアマリンが、お客様の商船と大切なお荷物を守ってくれるでしょう」

「買う……買うわ！　アクアマリンの宝石をみんな見せてちょうだい！」

「ありがとうございます！」

侯爵夫人は、アクアマリンの指輪とイヤリングを購入し、ご機嫌な様子で帰っていった。

「ふふふふ」

「ヴィオレット様、不気味な笑い方をするのはやめてください」

支配人が、困ったような顔をする。

「ごめんなさい。だけど笑いが止まらなくて」

「一体どうされたのです？」

「支配人は、平民向けの宝石店の支配人なのに、貴族について詳しいわよね？」

「この仕事はいつ何が起きるかわかりません。会長に、貴族名鑑を読み込むよう言われていますから」

「それじゃあ、ランプリング侯爵夫人の仇名《あだな》を知っている？」

「仇名……ですか？」

「そう、仇名よ」

「それは気になりますね。何という仇名なのでしょう？」

「ふふふふ。今にわかるわ。その時のお楽しみね」


それから3日を待たずして、誕生石目当てのお忍びの貴族夫人が来店した。知り合いに聞いてきたのだという。12月生まれのそのご夫人は、タンザナイトのブレスレットを購入した。

翌日、いかにもお忍びといった様子の夫人と令嬢が連れ立って来店し、「知り合いに聞いてきたのだけれど、面白《おもしろ》い品があるのでしょう？」と言った。

翌日もその翌日も、お忍びの貴族夫人や令嬢が誕生石目当てで来店し、口を揃《そろ》えてこう言った。

「知り合いに聞いてきたんだけれど」

皆が口にする「知り合い」とは、ランプリング侯爵夫人のことだ。

ランプリング侯爵夫人の仇名は〝社交界のご意見番〟。前世でいうところのインフルエンサーだ。

ランプリング侯爵夫人が可と言えば流行し、否と言えば貴族社会から駆逐される。

子供の頃、一度だけランプリング邸の茶会に行ったことがある。ランプリング侯爵夫人は大勢の客人に囲まれていて、客人は夫人の一言一句逃さぬよう熱心に話を聞いていた。

全《すべ》ては流行に乗り遅れないため。社交界で流行に乗り遅れることは、生き恥を晒《さら》すのと同じだからだ。

誕生石コーナーを作ったその日にランプリング侯爵夫人が来店し、誕生石コーナーに目を留めた時は、思わず小躍りしそうになった。侯爵夫人に気に入って貰えれば、誕生石の存在が社交界に知れ渡るのは時間の問題だったから。

こうして、平民向けの宝石店、シャーリー宝石店は、貴族がお忍びで宝石を買いに来る店として、その名を轟かせたのだった。

そんなある日の朝食時。

いつものように、先に席に着くテオと挨拶《あいさつ》を交わし自分の席に着く。ゆっくりとした動作でネクタイを締めながら、テオが横目で私を見た。

「大変なことになっているな」

「シャーリー宝石店のことですか？」

「こんなに大事になるとは思わなかったんだがな。せいぜい、リンドベルク宝石店の顧客を2、3人奪えればいいと考えていたんだが。やはり、ヴィオレット・スカルスゲルドは只者《ただもの》じゃないな」

「……嫌味ですか？」

「そう取るか？」

「お忍びの貴族で店が占領されて、平民のお客様が店に入りづらくなってしまったのではないかと……」

「それは心配するな。貴族がお忍びで来る店として箔がついたお陰で、店から足が遠のいていた小金持ちの客がまた来るようになった。裕福ではない、特別な記念日だけ店に来る客も、貴族と同じ品物を身に着けられると喜んでいるらしいからな」

「それなら良かったです。あと数ヶ月でこの状況は終わるでしょうから」

「どういうことだ？」

「流行というものは、一定の期間で移り変わるものです。今はお忍びでシャーリー宝石店に行き、誕生石を買うことが流行していますが、次の流行が来ればあっという間に忘れ去られるでしょう。それに、自分や家族の誕生石が分かれば、贔屓《ひいき》にしている宝石店でその宝石を買えばいいだけの話ですから。そうなった時に、平民のお客様の足が遠のいていれば、シャーリー宝石店は立ち行かなくなってしまうのではないかと心配だったのです。どうやら杞憂《きゆう》だったようですね」

私の顔をじっと見つめたテオが、私の額を人差し指でピシャリと弾いた。

（なっ！　何よ今のは！）

「お前のここはどうなっているのだ？」

「へっ？」

「これまでも商売をする女は何人も見てきた。しかし、お前ほど頭の回る女は会ったことがない」

「それは褒めているのですか？」

「貶《けな》しているように聞こえるなら、お前の耳がおかしいということだ」

（もう……。褒めるならもっとちゃんと褒めなさいよ！）

「ところで……。ジャック・リンドベルクの件はどうなりましたか？」

「種は蒔《ま》いた。水も十分にやった。後は花が咲くのを待つだけだ」

「こてんぱんにやっつけるんですね？」

「元貴族令嬢は随分乱暴だな」

「茶化さないでください」

「卑劣なやり方をする奴に卑劣なやり方で返せば、自分の身を落とすだけだ。奴には自滅してもらう」

「何をするんですか？」

席を立ったテオが、去り際に振り返る。

「もうすぐ花が開くだろう。楽しみに待っていろ」

ジャック・リンドベルクがシャーリー宝石店に怒鳴り込んできたのは、3日後の正午だった。

前日になって何故《なぜ》だか臨時休業にすることが決まったシャーリー宝石店に私と支配人が呼ばれ、テオとカルロにその理由を聞こうとしていた矢先だった。

乱暴にドアが開けられた時、テオが私の耳元で囁《ささや》いた。

「来たぞ。あれがジャック・リンドベルクだ」

その姿を見るのは初めてだった。椿油をつけすぎたテカテカの髪。狐のようにずる賢そうなアッシュブラウンの瞳。変なヒゲ。

おまけに趣味の悪い赤紫のベルベットのスーツに身を包み、全ての指がギラギラ光る指輪で埋まっている。

(こんなやつに……こんなやつに……！　お母様の愛したビクトワール宝石店は未来を奪われ、お母様の想《おも》いは踏みにじられたのね)


ジャック・リンドベルクは、店内を見回し客がいないのを確認すると、

「テオ・スカルスゲルド、いるんでしょ！」

と甲高い声を出した。

「テオ・スカルスゲルドは俺だが」

「あら。実物は遠目からしか見たことがなかったけど、噂に聞いていた以上の男前じゃない！　とっても私好みよ！　さっきまではらわたが煮えくり返ってむしゃくしゃしてたけど、あなたの顔に

免じて許してあげるわ」

「はぁ。それはどうも」

体をクネクネさせながら話すリンドベルクを見て、支配人が固まっている。

「支配人、大丈夫？」

小声で話しかけると、「はぁ……」というどっちつかずの返事をした。

「あの人は、オネエよ」

「おねえ……ですか？」

「そうよ。本来オネエは愛すべき存在なの。だけど、あの人を好きになるのはとてもじゃないけど無理そうね」

「ヴィオレット様、同感です」

固まる支配人を他所《よそ》に、リンドベルクがゆっくりとした足取りで店内を歩き回る。

「それにしてもしょっぼい店ねぇ。リンドベルク宝石店とは比べ物にならないわ」

「ここは平民向けの宝石店だからな」

「客も客なら店も店ってことね！」

それから、誕生石コーナーの前に立ち、上から下までまじまじと眺めると、

「これが誕生石ね。こんな子供騙《こどもだま》しで貴族の心を掴《つか》んだ気になってるなんてね。可笑《おか》しいったらありゃしないわ！」

と笑った。

「子供騙しですって？」

私の言葉に、リンドベルクが眉《まゆ》を吊り上げる。

「子供騙しでなければ詐欺のようなものじゃない。何処の店でも扱っている同じ等級の宝石を、誕生石とか何とか、根拠のない作り話で客を惑わせて買わせているんだから」

「勘違いしないでください。お客様は誕生石という付加価値に価値を見出し、他の店でなくシャーリー宝石店で宝石を購入して下さっているんです」

「小賢《こざか》しいわね！　あんた何⁉　オムツの取れたばかりの小娘の分際で！」

（あっ、ダメだ……。この人、話が通じないタイプの人だわ）

私の斜め後ろにいるテオが、大きなため息をついた。

「我々が小賢しいなら、お前は下劣な卑怯者といったところか？」

「はぁ⁉　なっ、何よ！　……そういうことね。そうやって、いつも私の悪口を言っていたってわけね！」

「悪口だと？　本当のことを言ったまでだろ。自分の手を汚さずに、腹いせのためだけに罪のない者を痛めつけるのは、下劣な卑怯者のすることではないのか？」

「はっ！　何のことだか！　せっかく許してあげたのに、私を怒らせたら後悔することになるわよ！」

その時だった。

「聞き捨てならないわね」

店のガラス張りのドアが、カランカランと音を立てながら開いた。立っていたのは、ランプリング侯爵夫人だった。

「今の話はどういうことかしら?」

ランプリング侯爵夫人の声は、落ち着いた、だけど凄みのある声だった。

驚いた様子のリンドベルクが、取り繕うように甲高い声を出す。

「こっ、侯爵夫人! これはこれはお久しぶりでございます。些末なことですので、侯爵夫人がお気になさるほどのことではありません」

「そのような雰囲気ではないようだけれどね」

吐き捨てるように言いながら、ランプリング侯爵夫人が店の中に入る。すかさず支配人が声をかけた。

「テレンス夫人、お待ちしておりました。本日受け渡し予定のネックレス、ご用意出来ております」

「そんな馬鹿《ばか》な!」

リンドベルクが、思わずといった様子で叫んだ。その言葉を聞き、テオが尋ねる。

「何が、そんな馬鹿なのだ?」

「そっ、それは……」

リンドベルクが口籠《くちごも》ると、テオがバックヤードに視線を移す。店内とバックヤードを仕切るカーテンが開き、アクセサリートレーを持ったステファノが姿を現した。

だいぶ腫れは引いたものの、包帯の隙間《すきま》から覗く痣《あざ》と傷はまだまだ痛々しい。

「テレンス夫人、こちらご依頼の品でございます。どうぞお手にとってご覧下さい」

ネックレスの載ったアクセサリートレーを、ランプリング公爵夫人の前に差し出すステファノ。

ルビーのネックレスを手に取った公爵夫人は、感嘆の声を上げた。

「何て美しいのかしら！　全体の調和が、ルビーの美しさをより引き立たせているわね。特にこのチュール装飾の繊細さは、溜《た》め息《いき》が出る程の美しさだわ。着けてみるから、あなた手伝ってくださる？」

「もちろんでございます」

声をかけられた私は、侯爵夫人を鏡の前に案内し、ネックレスの留め具を留める。

「テレンス夫人、いかがでしょう？」

「素晴らしいわ！　それにとても軽いのね。これなら一日中着けていたって首が痛くなる心配はないわね」

振り返ったランプリング侯爵夫人は、ステファノに向かって、

「ありがとう。とても満足のいく出来栄えだわ。あなたに頼んで本当に良かった」

と感謝を述べた。

「とんでもないことでございます」

ステファノが恐縮していると、今度はステファノの顔をまじまじと眺めた。

「それにしてもひどい怪我だこと。事故にでも遭ったのかしら？」

テオが、待ってましたと言わんばかりに口を開いた。

「実は、このステファノは、先日暴漢に襲われ袋たたきに遭ったのです」

「まあ！　何て恐ろしい！」

「複数の暴漢に襲われ、殴る蹴るの暴行を受けながらも、ステファノは、職人の命であるこの手を守りぬきました」

「何てことでしょう！」

「そして、期日までにこちらのネックレスを仕上げたい、テレンス夫人との約束を守りたいと、このひどい怪我を押しながらも作業を続けたのです」

ランプリング侯爵夫人が、ステファノの手を握った。

「ステファノと言ったわね。あなたは職人の鑑《かがみ》よ。ありがとう。このネックレスは私の一生の宝物よ」

「そんな！　私のような者に……。こちらこそありがとうございます、テレンス夫人」

テオが、リンドベルクに矛先を変える。

「ところで……。ジャック・リンドベルク。先程、このネックレスが期日通りに完成したことに驚いていたな。ステファノが怪我をしたので、期日までに完成するはずがないと思っていたのではないか？」

「そっ、それは……」

「そうだとしたら、ステファノが怪我をしたことを何故お前が知っているのだ？　ステファノに怪我をさせた黒幕がお前だからなのではないのか？」

「なっ、なにを！」

「はっきり答えなさい！」

ランプリング侯爵夫人が一喝する。ビクリと肩を震わせたリンドベルクは、取り繕うように、

「う、噂で聞いただけです。この業界は狭い世界ですからね。職人が怪我をしたことなどすぐに耳に入ってくるのです」

と嘯《うそぶ》いた後、

「それにしても、私を犯人だと言わんばかりの言い草ね。証拠もないくせに無礼にも程があるんじゃない⁉」

と怒鳴った。侯爵夫人の前で、これ以上受け身になるのは得策ではないと踏んだのだろう。形勢を逆転しようと、強気なふりをしているようにも見えた。

だけど、その言葉をテオは待っていたようだ。

その瞬間、テオのアメジストの瞳がギラリと光った。まるで、罠《わな》にかかった獲物を見つけた狩人のように。

「証拠ならあるぞ」

「はっ？」

「ジョバンニ、待たせたな」

テオの言葉を合図に、10代後半くらいの赤茶色の髪をした若者がバックヤードから出てきた。足を引きずりながら皆の前に立った若者は、唇を噛《か》み締《し》めながら下を向き、その体は小刻みに震えていた。

「おっ、お前！　お前がどうしてここにいるのよ！」

声を荒らげるリンドベルクを無視して、テオがジョバンニと呼ばれた若者の肩をそっと叩《たた》く。

「ジョバンニ、以前俺に話したことを全てこの場で話すのだ」

ジョバンニと呼ばれた若者は、コクリと頷《うなず》き顔を上げた。

「……僕は、13歳の時からリンドベルクさんの小間使いとして働いてきました。足の悪い僕を雇ってくれるところなど他にはない。言うことを聞かなければ路頭に迷うことになるだろう。そう脅されながら、安い賃金でこき使われてきたのです。そして、いつからか人には言えないような仕事をさせられるようになりました。ライバル店の情報を盗んだことも、ライバル店の評判を落とすために、店の前にねずみの死骸を置いたこともあります。嫌でしたが、断って仕事を失うことの方が恐ろしくて、リンドベルクさんに言われるままに犯罪まがいのことを繰り返してきました。そして、ある日こう命じられたのです。シャーリー宝石店の職人、ステファノに怪我をさせろと。ステファノが傷を負えば、侯爵夫人が依頼した仕事は期日までに終わらない。侯爵夫人の信頼を失えば、他の貴族夫人も二度とシャーリー宝石店に足を運ばないだろうと。僕は足がこんなですから、路地裏にたむろするゴロツキに金を渡してステファノさんを襲わせました。だけど……。ステファノさんは、どんなに袋たたきにされても最後までその手を守り続けました。僕は……僕はなんて卑劣なことを！　申し訳ありません。申し訳ありませんでした！」

ジョバンニは、床に這《は》い蹲《つくば》り体を震わせている。ステファノが、その体を優しく抱き起こした。

「もういい。もういいのだ。泣くんじゃない。私の手は無事だった。私はこれからも彫金師を続けることが出来る。何も失ってなどいない。それどころか、今回のことで、店の皆さんがこんな老いぼれを大切に思ってくれていることを知ることが出来たのだ。だから、私は君を許そう」

「あっ……ああ！」

ステファノの腕の中で泣き崩れるジョバンニ。それを忌々《いまいま》しそうに見つめながら、リンドベルクが舌打ちをした。

「くそっ！　ジョバンニめ！　よくも！」

次の瞬間、ランプリング侯爵夫人が、懐から取り出した扇子でリンドベルクの頬《ほお》をぶった。

「リンドベルク、褒められた人格ではないと思っていたけれど、ここまで下劣で野蛮な人間だったとはね！　お前の店になど二度と足を踏み入れないし、二度と私の屋敷に足を踏み入れさせないからそのつもりでいなさい！」

「そんな！」

「早速茶会を開いて、お友達にも教えてあげないとね。サリンドル通りには、下劣で野蛮な者が経営する宝石店があるから気をつけろとね！」

「こっ、侯爵夫人！　それだけは！」

「シャーリー宝石店の皆さん、素晴らしいもてなしと宝物をありがとう。それではこれで失礼するわ」

「ありがとうございました、テレンス夫人。またのご利用をお待ちしております」

私達は、一斉に頭を下げてランプリング侯爵夫人を見送った。

「侯爵夫人〜！　お待ちくださぁ〜い！」

店を出て行くランプリング侯爵夫人の後を、縋《すが》るようにして追いかけていくリンドベルク。それを目で追いながら、ステファノが不思議そうな顔をして呟いた。

「それにしても、先程から侯爵夫人と聞こえてきますが、一体どういうことなのでしょうか？」

皆が呆《あき》れた顔をする。

「ステファノおじさん、まだ気づいていないの？」

「そのままでいいのでは？　テレンス夫人。それが、シャーリー宝石店のお客様のお名前なのです」

支配人の言葉に皆が納得する様子を見せたが、ステファノだけは、ますます不思議そうに首を傾げているのだった。


その後、自首をするというジョバンニに支配人が付き添い、二人は警備隊のもとに向かった。

ステファノをバックヤードで休ませ、店には私とテオ、カルロの三人きりになる。

「それで？」

私の言葉に、テオがニヤリと片方の口角を上げた。そんなテオを見て、カルロはやれやれという顔をする。

「全て計画通りだったわけですね？　何故教えてくれなかったのですか？」

「誕生石の件で、ヴィオレット様は素晴らしい働きをされましたからね。我々も少しは良い格好をしたかったのですよ」

そう言って、いつものうさんくさい笑みを浮かべるカルロ。

「カルロ様、茶化さないで下さい。テオ様、さあ、きちんと説明して頂きましょうか？」

テオが、レジの後ろに置いてある椅子《いす》にドサッと腰を下ろす。それから、ゆっくりと話し始めた。

「ステファノが襲われた後、まずジョバンニに声をかけた。さっき自分で話していた通り、ジョバンニはリンドベルクに低賃金でこき使われ、長い間汚れ仕事をさせられていた。足の悪い自分は、リンドベルクに見捨てられれば生きていけないと思い込まされてな。こちら側につくなら、スカルスゲルド商会で面倒を見ようと伝えた。もちろん、ステファノに怪我を負わせた罪を償うことが条件だがな。ジョバンニは二つ返事でそれを受け入れた。リンドベルクは、ジョバンニがこちら側についたことを知らない。ジョバンニは、今まで通りリンドベルクの小間使いとして働いた。リンドベルクの動きをジョバンニに報告させ様子を見ているうちに、貴族夫人の間で小さな流行が起きた」

「シャーリー宝石店で誕生石を購入することですね？」

「そうだ。シャーリー宝石店で宝石を買った貴族の中には、リンドベルク宝石店の顧客もいる。焦《あせ》ったリンドベルクは、ジョバンニにこう命じた。シャーリー宝石店側の人間に接触し、逐一動きを報告しろと。この時点で、ジョバンニはリンドベルク側とこちら側の二重スパイになった。しかし、リンドベルクがジョバンニにスパイをやらせているつもりでいても、ジョバンニはもうこちら側の人間だ。リンドベルクの命令には従わない。そこで、ジョバンニにこう報告するよう伝えた。シャーリー宝石店を経営するスカルスゲルド商会の会長テオ・スカルスゲルドが、リンドベルク宝石店とジャック・リンドベルクの悪口を言いふらしているとな」

「悪口……ですか？」

話が見えずに聞き返すと、テオは再び片方の口角を上げた。

「ジャック・リンドベルクのような人間はな、自分の悪口を人伝《ひとづて》に聞くことが何より許せないのだ。だから、ジョバンニに毎日のように報告をさせたのだ。テオ・スカルスゲルドがこんな悪口を言っていましたというふうにな。リンドベルクの怒りは徐々に膨れ上がり、爆発《ばくはつ》寸前になった。そして、ある日ジョバンニにこう命じた。次にテオ・スカルスゲルドがシャーリー宝石店に顔を出したら、すぐに自分に知らせるようにと。今日のあの時間に、ランプリング侯爵夫人が来ることはわかっていた。リメイクを終えたネックレスの引き渡しが、今日のあの時間だったからだ。そこで、リンドベルクが同じ時間に来るであろう頃合《ころあい》を見計らって、ジョバンニに言いに行かせたのだ。テオ・スカルスゲルドがシャーリー宝石店に来ている。そして、リンドベルクは無能でとんまのうすのろ野郎だと悪口を言っているとな」

「それで、計画通りにリンドベルクが怒鳴り込みに来て、計画通りにランプリング侯爵夫人がそれを聞いたというわけですか？」

カルロが苦笑いする。

「そうは言っても、こんなに上手くいくとは思っていませんでした。ランプリング侯爵夫人の方が先に着いてしまう可能性だってありましたから。そうなれば、リンドベルクは決して本性を現さなかったでしょう。時間を守ることで有名なランプリング侯爵夫人の性格と、リンドベルクの、頭に血が上るとすぐに行動を起こさなければ気が済まない性格に賭《か》けたのです」

「臨時休業もそのためだったのですね」

「そうです。店内にお客様がいては、奴の化けの皮は剥《は》がせない。お忍びの貴族がいるかもしれない状況では、流石《さすが》のリンドベルクも醜態は晒さないでしょうからね。奴に怒鳴り込んできて貰うためには、休業日にする必要があったのです」

結果的に成功したものの、少しでも歯車が噛《か》み合《あ》わなければ、この計画は破綻していただろう。

「テオ様とカルロ様の、綿密な計画の勝利というわけですね」

「いや……」

椅子から立ち上がったテオが、バックヤードに目を向ける。

「今回の計画が成功したのは、ステファノのおかげだ。ステファノが、ひどい傷を負いながらもランプリング侯爵夫人のネックレスを仕上げたからこそ、この計画は成り立ったのだ」

「それじゃあ、ステファノおじさんの職人魂が、悪を打ちのめしたってことね！」

「その通りだ」

「まさにその通りですね」

その時、バックヤードに、ステファノの大きなくしゃみが響いたのだった。


1ヶ月後。

リンドベルク宝石店は、閑古鳥が鳴いているそうだ。社交界のご意見番、ランプリング侯爵夫人に引導を渡されたのだ。潰《つぶ》れるのは時間の問題だろう。

シャーリー宝石店は誕生石の流行が終わり、以前の落ち着きを取り戻した。お忍びの貴族は殆ど来なくなったが、ランプリング侯爵夫人やその他数名の貴族夫人が、時々店に顔を出してくれる。流行に乗るためだけに興味本位で来ていた客は去り、本当にシャーリー宝石店を気に入ってくれた客だけが残った形だ。

支配人に付き添われて自首をしたジョバンニは、自首したこと、未成年であること、被害者であるステファノが許したことが考慮され、実刑にならずに済んだ。今では、スカルスゲルド商会の取引先であるデュアメルマッチのマッチ工場で、在庫管理人として働いている。

そして、ある日のスカルスゲルド邸の朝。

新聞を読んでいたテオが、ある記事に目を留めた。

「リンドベルク宝石店が潰れたそうだ」

「えっ？」

「ジャック・リンドベルクは、部下にやらせていた犯罪が次々に明らかになり、牢屋行きだということだ」

「……そうですか」

「気分はどうだ？」

「はっ？」

「少しは気が晴れただろう。母親の敵が落ちるところに落ちたのだからな」

「知っていたのですか？」

「以前ジャック・リンドベルクについて調べさせた時、ビクトワール宝石店の件も報告書に載っていたからな」

「それじゃあ、もしかして……？」

「勘違いするな。今回の事はお前のためにしたことではない」

「そんなのわかってますよ。だけど……。ありがとう、本当に」

新聞を置いて立ち上がったテオは、私の顔をまじまじと眺めると、人差し指で私の額を軽く弾いた。

「お前は商売で役に立つという約束を守った。その褒美だと思え。それじゃあ、商会に行ってくる」

「……行って……らっしゃい」

私はおでこに手を当てながら思う。

(だから、一体何なのよ、これは！)

そうして、一人悶々とするのだった。

9章　マーレイ村事件

スカルスゲルド邸で暮らし始めてから9ヶ月が過ぎた。つまり、私とテオが契約結婚して9ヶ月経ったということ。

その9ヶ月の間、父から何度も手紙が届いた。オリバー村の近況が書かれた手紙には、最後に必ずこの文言が書かれていた。

「ところで、結婚式はいつやるのだ？」

気にはなったものの、忙しいのを口実にして、返事をするのをのらりくらりとかわしていた。

元々、王家からの求婚を断るためだけの契約結婚なのだ。結婚式なんてやる必要はない。

父には契約結婚であることは伝えていなかった。それを知ったら、父は自分を責めるだろうから。

だから、父はこう思っている。私とテオは元々恋人同士で、私があんなに怒ったのは、テオという恋人がいるのに危うく王子と結婚させられそうになったからだと。

今日の手紙には、いつもの文言の代わりにこう書かれていた。

結婚式をするつもりがないなら、せめてオリバー村で結婚パーティーを開かせてくれと。

悩んだ末、次の朝、テオにその手紙を見せた。

無視することも出来たけれど、父はこの屋敷に突撃しそうな勢いだし、私もオリバー村のみんなに会いたかったから。手紙を読んだテオは、

「日にちが決まったら教えてくれ。調整しよう」

と言った。

「いいんですか？　結婚パーティーですよ」

「お前の父親が、こんな手紙を送ってくるのは当然のことだ。お前がいいと言うから結婚式はやらなかったのだ。それくらいは対処しよう」


それから2週間後、私とテオはオリバー村へ向かった。

「ところで……。何であなたまでいるんですか？」

当たり前のように、カルロが馬車に乗っている。

「私も久々にオリバー村に行きたかったんですよ。それに、お二人の結婚パーティーだというじゃないですか。私が参加するのは当然でしょう」

「前にもこんなことがありましたけど、二人とも留守にして商会は大丈夫なんですか？」

「うちの商会には優秀な人材がたくさんおりますからね。この人、人を見る目だけはありますから」

そう言って、カルロはいつものうさんくさい笑顔を見せるのだった。


2日後、オリバー村に到着した。

懐かしい匂《にお》い。むせ返るほどのラベンダーの匂いだ。

オリバー村は、私の記憶の中のオリバー村より更に進化していた。バーグマンの商店は二階建てに増築されているし、家も増えている。それから……。

「あっ、あれが学校ね」

ローゼマリーやジェシカが手紙で教えてくれていた。村に学校が建ったと。村の子供達は、この学校で字の読み書きが学べるのだ。

「ヴィオレット！」

父とローゼマリーが、手を振りながら歩いてくる。

「お父様！　ローゼマリーも元気だった？」

「はい、お姉様も」

ローゼマリーの後ろにくっついているジュリアンが、コクンと頷《うなず》く。

「ジュリアも元気だった？」

「ヴィオレット様！」

「村長さん！　ジェシカ！　みんなも！」

村のみんなも集まってくる。

変わらないみんなの笑顔に、私は安心するのだった。

その夜、ラベンダー西館のレストランで、ささやかなパーティーが開かれた。ペンションもスパラベンダースも定休日なので、村のみんなが参加してくれる。

パーティーの少し前。

「ヴィオレット様、こちらを着てください」

ジェシカ達が用意してくれたのは、綺麗《きれい》な菫色の柔らかなシフォンのドレス。

「とっても素敵！　このドレスどうしたの？」

「バーグマンさんに生地を調達して貰《もら》って、みんなで仕立てたんですよ。テオ様の礼服も用意してありますからね。それからこれを」

ラベンダーの花穂で作った花冠が、私の頭に乗せられた。

「とっても綺麗よ。お姉様」

ローゼマリーが言って、ジュリアンが頷く。

「みんな、ありがとう」


白い礼服を着たテオは、前世で子供の頃に読んだ、おとぎ話に出てくる王子様のようだった。女性陣は、皆ぽーっとなって見惚《みと》れている。

みんなが笑顔で、祝福の言葉をくれる。

（契約結婚なのに、何だか申し訳ないわね）

だけど、夢のように幸せな時間だった。

午前0時を過ぎ、パーティーはお開きになった。

「ペンションは定休日なんですけど、お部屋を用意してますから、今日はそこに泊まってくださいね」

ジェシカが、部屋の鍵《かぎ》を渡してくれる。

「それではヴィオレット様、素敵な夜を！」

「えっ？　ジェシカ、ちょっと、まっ……」

にやにやしながら行ってしまうジェシカ。

(何で鍵が一つだけなの？　嫌な予感しかしないわね)

私の予感は的中する。部屋のドアを開けて、私は膝《ひざ》から崩れ落ちそうになった。

部屋の真ん中に置かれたダブルベッドの上には、ラベンダーの花穂で作られた特大のハートマーク。

(ジェシカ……！)

「すみません、テオ様。すぐに別の部屋の鍵を貰ってきますから！」

「待て！」

テオが私の腕を掴《つか》む。

「俺《おれ》は床で寝るから、お前はベッドを使え」

(そうよね。ローゼマリーとカルロ以外は契約結婚だって知らないんだから、別々の部屋に泊まったら変に思われるわよね)

「いえ、私が床に寝ます。ベッドはテオ様が使って下さい」

「そんなわけにいくか」

「それじゃあ……。一緒に寝ましょう。このベッドは広いですから。こんなものはすぐに避《よ》けちゃいますからね」

ベッドの上に敷かれたラベンダーの花穂を払い落とし、ベッドに寝転がる。

「安心してください。私、絶対にそっち側を向かないので」

「あっ、ああ……」

「それではお休みなさい。今日はありがとうございました!」

その後、テオの大きな溜《た》め息《いき》が聞こえた気がしたけれど、疲れていた私はすぐに眠ってしまったので、よくわからない。


次の日、朝から日帰りの観光客がやって来て、村は賑わい始める。昼過ぎには、ペンションとスパラベンダースの宿泊客もやって来て、ますます賑やかになるだろう。

テオとカルロはスパラベンダースの視察に行き、グランベール邸に残った私は、ローゼマリーとジュリアンとお茶を飲んでいた。ローゼマリーが尋ねる。

「いつ発つんですか?」

「今日の昼過ぎには発つわ。王都まで2日もかかるんだから」

それから、ローゼマリーが耳打ちした。

「上手《うま》くやってるみたいですね」

「そうかしら？」

言われてみれば、シャーリー宝石店のことで忙しかったことを除けば、日々は平穏だった。

スカルスゲルド邸は静かで住み心地が良いし、テオと二人きりの朝食も全く苦ではない。仕事の話が終わればお互い無言になり沈黙が続くのに、それを負担に感じたことはなかった。

あんなに無表情で、すぐに私を睨《にら》んできて、何を考えているかわからない人なのに、つくづく不思議なものだ。

それに、結婚してから一度も思っていなかった。オリバー村が恋しいと。

(変ね。オリバー村のみんながこんなに大好きなのに)


少しして父がやって来る。私とテオの結婚パーティーを無事に開けたので、頗《すこぶ》る上機嫌だ。

スパラベンダースから帰って来たテオとカルロも加わって、みんなで昼食を取った。

食事を終えた頃、憔悴《しょうすい》した様子のジェシカとナタリーとマドレーヌがやって来る。

「三人とも、一体どうしたの？」

私の問いかけに、顔を見合わせる三姉妹。ジェシカが重い口を開いた。

「実は……。私達、隣町に行ってきたんです。商店が大きくなって、村で何でも手に入るようになったので、暫《しばら》く行ってなかったんですけど……」

「今日は三人とも遅番だったから、ヴィオちゃんに、村には売ってない珍しいお土産を買いたくて……。そしたら、あんなに賑わってた市場に人がいないし、露店も少なくなってて……」

ナタリーの好奇心旺盛そうな瞳《ひとみ》に、今日は戸惑いの色が滲《にじ》んでいる。

「それで、前に繕い物の仕事をくれていたおかみさんを訪ねたんです。おかみさんが言うには、今の当主様になってからどんどん税金が上がっていって、今では以前の5倍の税金を払っているそうなんです」

「なっ、なんだと！」

ジェシカの話に、父が困惑した声を上げた。

今の当主様とは、グランベール家が没落した際、オリバー村以外の全《すべ》ての領地を引き受けて貰ったドレーゼン子爵だ。

「そのせいで、殆《ほとん》どの露店の店主が町を出ていったそうで……。だけど、それだけじゃないんです。道路も橋も公共の建物も、崩れたり壊れたりしたところが放置されていて、あんなに綺麗だった町が見る影もなくなっていたんです」

「どういうことだ？　徴収した税は、その土地と民のために使われなくてはならない。そんなに高い税を徴収しておいて、一体何に使っているのだ」

わけがわからないと言わんばかりの父に、テオが尋ねた。

「グランベール家が領地を譲ったのは、ドレーゼン子爵だったか？」

「そうだが……」

「ずる賢くて金にがめついと評判の男だ。恐らく、表向きは元々の額の税金を徴収していることにして、税を上げた分の差額は自分の懐《ふところ》に入れているのだろう」

「それは横領ではないか！」

「あんなに評判の悪い男に領地をやるなんて、人選を間違えたな」

テオの言葉を聞いた瞬間、足元がぐらりと歪《ゆが》んだ。

（私のせいだ。あの頃、グランベール家の借金返済の陣頭指揮を執っていたのは私だ）

「私のせいです。私が、ドレーゼン子爵の人となりをきちんと確認しなかったから」

「ヴィオレットのせいではない。領地を譲る相手をドレーゼン子爵に決めたのはわしだ。グランベール家の領地とドレーゼン家の領地は隣接し、元々交易があった。ドレーゼン領になれば交易はますます盛んになり、領地は潤うだろう。それが領地民のためになると、それしか考えておらなかった。ヴィオレットの言う通り、まずドレーゼン子爵が、領地を譲るに値する人物かどうかを見極めなければならなかったのだ」

「だけど、お父様にそれは無理ですよね」

「どっ、どういうことだ？」

「だって、お父様って、人が良すぎて人の悪意に全く気づかないタイプでしょ？」

「たいぷ……とはなんなのだ？」

「とにかく、お父様がそういう人だとわかっているのだから、私が気をつけるべきだったのです」

「それは違うぞヴィオレット。デビュタントを迎えてまだ数年のお前が、借金返済のために奔走し、実際に金貨5万枚もの借金を返してのけた。それだけでも凄いことなのに、それを成し遂げたお前に、これ以上何の責任があるというのだ。そもそもグランベール家の当主はわしだ。全ての責任は、当主であるわしにあるのだ」

「お父様……」

ジェシカが、おずおずとした様子で切り出す。

「それが、隣町だけではないんです。ドレーゼン子爵が治めている全ての領地が、同じような状態になっていると……」

「では、わしがドレーゼン子爵に譲った領地の民だけでなく、ドレーゼン子爵領の全ての民が苦しんでいるというのか！」

珍しく声を荒らげた父に、みんなが驚く。その時、か細い、だけど切実な声が聞こえた。

「……と、当主様！　おっ、願いです。みんなを……助けてください！」

（マ、マドレーヌが、大声で喋《しゃべ》ったわ！）

人見知りで言葉数の少ないマドレーヌが、大きな声を上げた。それだけ強い思いなのだろう。

「何か策を考えねばならないが、すぐには思い浮かばぬな……」

父が口籠《くちごも》り、テオが口を開く。

「領主から領地を奪う方法は二つある。戦争を起こし、その戦争に勝つことだ」

「いかんいかん！　戦争などすれば、一番苦しむのは民なのだ」

「それなら方法は一つしかない。ドレーゼン子爵を失脚させ、当主の立場から追いやることだ。ドレーゼン子爵には子供も近しい親族もいない。ドレーゼン子爵さえいなくなれば、領地は他の家門のものになるだろう」

「ふむ……。ドレーゼン子爵を失脚させるには、どうすればよいのだろうか？」

「税を横領している証拠を手に入れることだ。それを王に見せれば、ドレーゼン子爵から爵位を剥奪《はくだつ》するだろう。まあ、証拠など残しているとは限らないがな」

「いや。数回しか会ったことはないが、あの男は恐ろしく細かい男だった。金に関してのことなら、必ず詳細な記録を残しているはずだ。王家に提出しているものとは別の、表には出せない帳面が存在しているかもしれん」

「裏帳簿というやつだな。しかし、裏帳簿が存在しているとして、どうやって奪うかが問題だな」

「潜入捜査なんてどうですか？」

父とテオの会話に割って入ると、テオが眉間に皺《しわ》を寄せた。

「せんにゅうそうさ？」

「ドレーゼン子爵邸にメイドとして潜り込んで、裏帳簿を手に入れるんです」

「メイドとして潜り込むだと？　一体誰《だれ》が？」

「もちろん私です」

みんなが、私を見て一斉に沈黙した。

（えっ？　何で？　いい案だと思ったのに）

テオが、呆《あき》れたように溜め息をつく。

「お前は気づいていないのか？」

「えっ？」

「お前のような顔のメイドなどいない」

「はっ？」

カルロが、フォローするように口を挟んだ。

「ヴィオレット様のような美人は、そこいら辺にはいないという意味ですよ」

「確かに、ヴィオレットの顔では悪目立ちしてしまうかもしれんな。下手をしたら、ドレーゼンのやつに気づかれるぞ」

「お父様まで……」

「それじゃあ、私達が行きます！」

ジェシカの言葉に、ナタリーとマドレーヌが頷く。

「ダメよ！　危険な目に遭うかもしれないのよ」

「ヴィオレット、お前は、自分も危険な目に遭うかもしれないとは思わんのか！」

父が、再び語気を強めた。

（そんなことはわかっている。だけど、苦しんでいる人がいるのに、このまま見過ごすことなんて出来ないのよ！）

「お父様！　そもそもグランベール家が没落し、ドレーゼン子爵に領地を譲りさえしなければ、こんなことにはならなかったのです。私達には苦しむ領地民を救う責任があるのではないのですか？　私達が救わないで、一体誰が救うというのです！」

その時だった。

「呼ばれなくてもジャジャジャジャーン！」

そんな声に振り返ると、小リスみたいな顔をした、私の愛しの魔女っ子が立っていた。

「リル！　会いたかったわ！」

リルの小さな体を、ぎゅっと抱きしめる。

「うん。リルも！」

「リルったら、いつの間に村に来ていたの？」

「うーんとね、たった今。あれで来たの」

リルが指差す先の床に、円形の模様が浮かび上がっていた。

（あっ、これ見たことある。前世でアニメとか漫画で見たやつだ）

「魔法陣！」

「ヴィオレット、よく知ってるね。これは移動用魔法陣だよ」

「リル、こんなに凄い魔法が使えたの？　全然知らなかったわ」

「ちゃんと使えるようになったのは最近なんだ。毎日師匠に特訓されてるの。今も練習のついでに来てみただけ」

「ワープしてきたってことね！」

「わーぷ？　それかっこいいね！　そう！　わーぷしてきたの！」

その時、みんなの困惑した声が聞こえてきた。

「何これ？」

「まほうじん？」

みんな戸惑った様子で、魔法陣を遠巻きに眺めている。

「リルがこの上に立って呪文を唱えれば、好きな場所に瞬間移動できるんだよ。リルが呪文を唱えないと発動しないから、近づいても大丈夫だよ」

その時、テオとカルロの存在を思い出す。

恐る恐る振り返ると、チベットスナギツネのような顔をしたテオがこう言った。

「お前の交友関係は、随分広いんだな」


「それより、みんな暗い顔してどうしたの？」

首を傾げながら尋ねるリルに、これまでの経緯を話す。

「ふーん？」

リルは、ほっぺたをぷくぷく膨らませながら何かを考えている。それから、ローブの下から魔法のステッキを取り出して宙にかざした。

「それじゃあ、こんなのは？」

リルが呪文を唱えると、光の粒が私を包んだ。

次の瞬間。

「えっ⁉」

「ヴィオレット様？」

みんなが困惑した声を出す。

「えっ？　みんなどうしたの？」

「ヴィオレット、かっ、鏡を見てみなさい！」

父が差し出した鏡を覗《のぞ》くと、知らない女の子が映っていた。濃いブラウンの髪に同じ色の瞳。一度見ても、何度か瞬きをしたら忘れてしまいそうな特徴のない顔だ。

「変身魔法だよ。これも習ったばっかりだけど、結構得意なんだ。凄いでしょ！」

「凄いなんてものじゃないわ！　これって、もしかして誰にでも変身出来るの？」

「ううん。この世に実在している人には変身出来ないよ」

「それじゃあ、私は今、この世に存在していない女の子ってことね」

「そういうこと」

「これなら潜入捜査が出来るわね！　ちょうど潜入捜査向きの顔だもの」

「ヴィオレット！　まさか一人で行く気か！」

父が、慌てた様子で私の肩を掴む。

「リルも行くよ！」

ステッキの先を自分に向けて、呪文を唱えるリル。リルを包んだ光の粒が消えると、そこに知らない女の子が立っていた。

栗色の巻き毛。アッシュグレーの瞳。知らない女の子だけれど、ほっぺたのぷくぷくはそのままだ。

「どう？　18歳くらいに見える？」

「ええ、どう見たって18歳くらいよ！」

「うらちょうぼっていうのを見つけたら、魔法陣でぱっと帰ってこよう。それなら安心でしょ？」

その時、テオが声を上げた。

「俺も行く。剣の腕には自信がある。俺を連れていけば更に安全だ。俺にも魔法をかけろ！」

「それは無理」

リルが即答した。

「リル、どうして？」

「この人、魔法がかからないタイプ」

「どういうこと？」

「師匠に習ったんだ。魔法って、心の防御が強い人はかかりにくいんだって。魔女見習いのリルでもわかるもん。この人の心、がっちがちに鉄壁防御されてるみたい」

「がっちがち……だと？」

ジェシカが、困った顔をしてリルを窘《たしな》めた。

「リル。テオ様は、ヴィオレット様の旦那様なのよ。あんまり失礼なことを言っちゃダメよ」

「だんなさま？」

「ヴィオレット様とテオ様は結婚したのよ」

「結婚⁉　リル、聞いてないよ！」

「知らせたくても、リルのお家の住所知らないもの」

（それに、契約結婚だから、わざわざ知らせる必要もないと思ったのよね）

「結婚って好き同士がするんでしょ？　ヴィオレットは、この目付きの悪い無表情男のことが好きなの？」

「リッ、リル！　言い過ぎよ！」

「ぶぶっ」

テオの後ろに立っているカルロが、笑いを堪えきれずに吹き出している。

「カルロ！」

「すっ、すみません、会長。我慢の限界で……ぶぶっ」

カルロに怒鳴りつけるテオと、謝りながらも笑いが止まらないカルロ。

（何なのかしら？　このカオスは……）

ただでさえぐたぐたになった雰囲気の中、父が満を持したように声を張り上げた。

「それならばわしが行こう。リル、わしに女の子になる魔法をかけなさい！」

（何考えてるのよこのおじさんは！　絶対に足手まといでしょ！）

「いえ、お父様はこの村の当主です。こんな時こそここにいて下さい。それに、潜入捜査は人数が多ければいいというわけではないのです。潜入は私とリルの二人で行います」

「むむ……。わかった」

こうして、私達の、潜入捜査で裏帳簿を奪っちゃうぞ大作戦が始まった。

作戦に必要なもの。それは情報だ。

テオとカルロが商会の力を使い、ドレーゼン子爵の情報を集めてくれる。

「ドレーゼン子爵は、今王都の屋敷にはいない」

「そうなのですか？」

「はい。商会の調査によると、マーレイ村にいるようです」

「マーレイ村？」

元はグランベール家の領地だった村だ。

農作物がよく実り、人口はそれ程多くはないが、暖かな気候の豊かな村。

「マーレイ村は確かに良い所です。視察か何かでしょうか？」

「それが……。マーレイ村に視察に行った際、村に滞在していた踊り子達に心を奪われ、その踊り子達を村に無理矢理引き止めて、3日に一度は宴を開き贅沢《ぜいたく》三昧をしているそうで……。しばらくはマーレイ村に留まるのではないかと、諜報員が申しておりました」

（本当に、ろくでもない奴《やつ》なのね）

それから、スカルスゲルド商会と取り引きがあり、マーレイ村のドレーゼン子爵邸に出入りしている商人にメイドの口を利《き》いてもらう。

突然当主が長期滞在することになり、人手が足りていないらしく、来られるならすぐに来てほしいと返事を貰い、私とリルはマーレイ村に行くことになった。

「しまった！」

「どうしたの？　リル」

「知ってる人がいる場所にしか移動できないんだった。呪文を唱える時に思い浮かべた人の所に移動する仕組みだから」

「それじゃあ、マーレイ村にワープできないじゃない！」

マーレイ村までは、馬車で片道4日、早馬でも2日はかかる。

「あっ！　去年まで配達の馬車の御者をしていたロビンが、マーレイ村にいるわよ。ご両親の看病のために故郷のマーレイ村に帰って行ったから」

「ロビン……ロビン」

「おでこの広いそばかすロビンよ！」

「あっ、思い出した！」

「それじゃあ、出発よ！」

こうして、私とリルはマーレイ村にワープした。

着いた先は、木造りの小さな家の小さな裏庭。庭先で草取りをしているロビンと目が合った。

「ロビン、久しぶり！」

「はっ？」

怪訝《けげん》そうに目を擦《こす》りながら、何度も瞬きをするロビン。

(あっ！　私達、ヴィオレットでもリルでもないんだった)

「ロ、ロビン、またね！」

そそくさとその場を離れ、ドレーゼン子爵が滞在する屋敷に向かった。

「ねえ、リル。名前を決めておいた方がいいんじゃないかしら？」

「うーん、リルはリルでいいけど、ヴィオレットは変えた方がいいかもね」

「そうよね。前の当主の娘と同じ名前だって気付く人がいるかもしれないものね。何がいいかしら？　ヴィ……ヴィヴィアナ！」

「却下！　お金持ちっぽい」

「ヴィ……ヴィ……ヴィクトリア！」

「もっと却下！　もっとお金持ちっぽい」

「ヴィ……ヴィ……」

「ヴォリーは？」

「いいわね！　ヴォリーにするわ！」


屋敷に着くと、メイド長の元に案内された。ベテランといった風格のメイド長は、ひどく疲れた顔をしていた。

「本当に助かったわ。視察で一泊だけする予定だったのに、急に長期間この村に滞在することになって……。王都からは数人のメイドしか連れてきていなかったし、メイドを募っても思うように集まらなくて本当に困っていたのよ。スカルスゲルド商会の紹介なら身元も確かだしね」

「こちらこそ、雇って頂きありがとうございます」

「ます！」

「挨拶《あいさつ》の所作が随分きれいね。まるで貴族様よ」

「ははは」

「まあいいわ。それで、二人にやってもらう仕事だけれど……」

「私達、ものすごーく掃除が得意です」

「です！」

「それなら、掃除係をお願いしようかしら」

「ありがとうございます」

「ます！」


メイド長が、掃除の手順を説明しながら屋敷の中を案内してくれる。

二階へ移動する際、階段の踊り場の窓から大きな庭園が見えた。白いパイプアーチに、美しい装飾の施されたガゼボ。だけどそこに花は咲いていない。枯れ果てた枝だけが無数に伸び、荒れ地のようになっていた。

「メイド長様、あれって……」

「ああ。あれは、先代の旦那様と奥様が大切にされていたバラ園よ。先代夫妻はこの村を気に入っていて、避暑地として頻繁に足を運んでいたの。奥様は、美しいバラに囲まれながら紅茶を飲む時間が何より好きだったのよ。先代夫妻が亡くなって今の当主様が後を継いだのだけど、今の当主様は田舎の村にも庭園にも興味がなくてね。長い間放置されて、あの通り荒れ放題よ。叶《かな》うことなら、あの美しいバラ園をもう一度見たいものだわ。ああ、少しお喋りが過ぎたわね。次は二階を案内するから付いてきてちょうだい」

メイド長の後に続いて二階の廊下を歩く。突き当たりまで行くと、明らかに他とは違う、豪奢《ごうしゃ》な細工が施された重厚な雰囲気のドアがあった。

（絶対にこの部屋だわ！）

「メイド長様、こちらの部屋は……」

「ああ。この部屋は掃除しなくていいわ。当主様の執務室だから。細かい人でね。新人が掃除するのを嫌がるのよ」

「メイド長様、当主様は何時頃戻られるのですか？」

「当主様？　今日は夕方頃に帰宅する予定よ」

「それでしたら、私達に掃除をさせてくださいい。メイド長様、とっても疲れた顔をしていらっしゃいますよ。私達、本当に掃除が得意なんです。私達が掃除をする間、メイド長様は休んでいてくださいい」

「ください！」

「そうは言ってもね。何かあれば、当主様に叱責されるのは私なのよ。気持ちだけ貰っておくわ。今日は階段と玄関ホール、それから一階の廊下を掃除してちょうだい。鍵はかかっていないけれど、この部屋には絶対に入らないように。いいわね？」

「……はい。わかりました、メイド長様」

ドレーゼン子爵の執務室の場所はわかったものの、中に入るのは簡単ではなさそうだ。

（メイド長の気を逸らさないと、執務室に入るのは無理そうね。どうすれば……）

「ねぇ、リル」

「何？　ヴィオレット」

「リルって、女の子以外にも変身出来るの？　例えば動物とか」

「んーとね。もっと修行を頑張れば出来るようになると思うけど、今は女の子にしか変身出来ないよ。ヴィオレットも、この世にいない女の子にしか変身させられない」

「そうなのね。でも、違う女の子に変身できるだけでも十分凄いわ」

「エヘへ。あとはね、火を点ける魔法と、遠くの物を取る魔法が使えるよ」

「ラベンダーの刈り入れの時に使っていた魔法ね。それって、すんごく遠くの物も取れるの？」

「ううん。ここからあそこくらい」

「300メートルってとこね」

「あとは、ヴィオレットも知ってる、植物を育ててその状態を記憶させる魔法。それが一番得意なんだ」

「リルの植物魔法には、何度も助けられたものね」

（植物を育てる魔法……。もしかして……）

「リル、枯れた花を咲かせることなんて出来たりする？」

「うん、出来るよ」

「リル、やっぱりあなたって最高ね！」

リルの姿じゃないリルを思いっきり抱きしめる。それから作戦を話した。


30分後、一人のメイドが、慌てた様子で屋敷に駆け込んでくる。

「メッメッメッ、メイド長様ぁ！」

「ニコル、大きな声を出してどうしたっていうの？」

「ちょっちょっちょっと来てください～！」

ニコルと呼ばれたメイドがメイド長を引きずって行き、その後ろを、何だ何だと他のメイド達がくっついて行く。まるで、前世で読んだ童話『金のガチョウ』状態だ。

メイド長が引きずられて行った先は、屋敷の裏手にある庭園だ。そこには、枯れた枝だけが伸びる、荒廃したバラ園の亡骸があるはずだった。

「どっ、どうなっているの？　私は夢を見ているのかしら？」

目の前に広がるのは、赤、白、黄色の、色鮮やかなバラが咲き誇る美しい庭園。アーチには色とりどりのつるバラが咲き、ガゼボの屋根は満開のバラの帽子を被っている。

その時、メイド長が自分の頬《ほお》を思いっきりつねった。

「痛っ！　いや、痛くない……いや、痛いわ……いいえ、痛くない？　夢なの？　夢じゃないの？」

混乱しているメイド長の後ろに立ち、独り言のように呟く。

「とってもきれい！　だけど、バラがきれいすぎて、ガゼボやアーチの汚れが余計目立つわね」

メイド長の目が、ハッとしたように大きく見開かれた。

「そっ、掃除よ！　ガゼボとアーチをピカピカにして、旦那様と奥様が愛した庭園を蘇《よみがえ》らせるのよ！　ヴォリーとリルは屋敷の掃除の途中よね？　戻って掃除を続けてちょうだい。他の子は納屋に行って掃除用具を取ってきて。さあ、始めるわよ！」

「はい、メイド長様！」

何年も雨風に吹き曝《さら》しになったガゼボやアーチは、かなり汚れている。掃除には時間がかかるだろう。メイド長も他のメイドも、暫くの間屋敷に戻ることはなさそうだ。

（今がチャンスよ！）

「リル、行こう！」

「うん！」

リルと二人、ドレーゼン子爵の執務室に向かった。

「リルのおかげで上手くいったわ。ありがとう」

「ううん。だけど……、メイド長も他のみんなも嬉《うれ》しそうだったね」

「せっかくリルの魔法を使うんだから、素敵なことに使わないとね！」

「うん！」

執務室の中に入る。メイド長が言っていた通り、鍵はかかっていなかった。

裏帳簿の在《あ》り処《か》を探すつもりだったけれど、探すまでもなかった。

「これって……」

「うん。絶対この中だね」

棚の上に、大切な物はみんなこの中に入っていますと言わんばかりの、頑丈そうな金庫が置いてあった。緻密な細工が施され金箔まで貼られている。

「これは、さすがに鍵がないと開けられないわね。鍵を探しましょう！」

部屋中の引き出しという引き出しを開けて鍵を探す。壁掛けの後ろも、机や椅子《いす》の裏も、カーペットの下も探す。

「鍵、ないね」

「お父様が言っていたドレーゼン子爵の性格からすると、肌身離さず持っているのかもしれないわね。仕方がない。リル、少し様子を見ましょう」

何食わぬ顔で持ち場に戻り、掃除をし、きりの良いところで昼休憩を貰った。

ガゼボとアーチをピカピカにしたメイド長達も、満足そうに汗を拭っている。

厨房の裏口を出たところにあるベンチに腰掛けて、リルと一緒に賄いのパンとチーズを頬張《ほおば》る。

（ドレーゼン子爵が鍵を肌身離さず持っているとしたら、どうやって奪えばいいんだろう……）

その時、聞こえてきた不思議な音の響きにふと我に返る。

数人の女性が、前の小道を歩いていた。露出した肌に、きらびやかな装飾のついたオーガンジーの布を纏《まと》っている。

踊り子だ。バングルとアンクレットについた飾りが擦《こす》れ合《あ》い、シャンシャンという不思議な音を響かせていた。

じっと見つめていると、一人の踊り子と目が合う。ウエーブがかかった黒髪に情熱的なイエローサファイヤの瞳。少し浅黒い肌にしなやかな体躯《たいく》をしている。

踊り子がキッと私を睨んだ。

「あんた、何ジロジロ見てるのさ！」

「あっ、ごめんなさい」

「はっ？」

「えっ？」

「あんた、あたしと口なんか利いていいのかい？」

「えっ？　どうしてですか？」

「あんたらはいつも、こんな格好して恥ずかしくないのかだの、あばずれの集まりだのって、陰口を言ってあたしらを無視するじゃないか」

「そうなんですか？　とっても綺麗なのに」

「きれい……だって？」

「神秘的で、とっても素敵です」

「ははは、そんなこと初めて言われたよ」

そう言って、顔をくしゃくしゃにして笑う。

「あんた変わってるね。名前は何ていうんだい？」

「ヴォリーです。この子はリル」

「気に入ったよ。ヴォリー、また話そう」

そう言って、踊り子は去っていった。


夕方、ドレーゼン子爵が帰ってきた。メイド達は、玄関の前で一列になって出迎える。

油で塗り固められた黒い髪。蛇のような目つき。変なヒゲ。絵に描いたような悪人顔だ。

その時、ドレーゼン子爵が着けているペンダントが目に入った。二匹の蛇が絡《から》み合《あ》い、一つの卵を咥えている趣味の悪いペンダント。それを見た瞬間わかった。それが鍵だと。

時々、シャーリー宝石店にこんな注文があった。

大事な鍵を、自分以外の人間には鍵とわからせず、常に身に着けられるようにしたいと。

そんな注文が入った時は、鍵を専用のペンダントトップで覆《おお》い、チェーンを付けて首から下げられるようにしていた。あのペンダントも、ペンダントトップの裏側が開くようになっていて、そこから鍵が出てくる仕組みになっているはずだ。

問題は、ドレーゼン子爵からあのペンダントを奪う方法。

（浴室係になれば鍵を奪えるかも。さすがに、お風呂《ふろ》に入る時には外すわよね）

ドレーゼン子爵は、食事の後で入浴をするらしい。

メイドの待機室で夕食を取りながら、浴室係を代わってもらうタイミングを待つ。

前の席に座っている若いメイドが、独り言のように呟いた。

「私、今日浴室係なのよ。誰か代わってくれないかしら」

これはチャンスと思い口を開こうとすると、今度は別のメイドが言った。

「ほんと気味が悪いわよね。蛇みたいな目をしちゃってさ。お風呂に入る時ですらあの変なペンダントを外さないんだから」

「そうそう。あの悪趣味なペンダントに少し触れただけで怒り出すんだから、嫌になっちゃう」

（これは、浴室係になっても鍵を奪うことはできなさそうね）

考え込んでいると、若いメイドが話しかけてくる。

「あなた達今日からでしょ？　何処から来たの？」

「私達は……。オリバー村です」

「です！」

「オリバー村って前の当主様のところでしょ。ラベンダー畑が出来て凄く栄えてるって聞いてるわよ。何でまた、わざわざこんな村に来たわけ？」

「ちょっと事情があって……。お二人はこの村に住んでいるんですか？」

「私達は生まれた時からこの村よ。それにしても、前の当主様の時は良かったわよね。税も高くなかったし、納めた税で頑丈な橋や堤防を造ってくれたのよね」

「そうそう。それに教会も修繕してくれたしね。今は最悪。稼いでもほとんど税金に消えていくし、ドレーゼンのやつは村で流行《はや》り病が流行ったって何もしてくれない。行く当てがある人はみんな出て行っちゃったんだ」

「お二人は出て行かないんですか？」

「両親が畑をやってるからね。畑を捨てて出て行くなんて出来ないって言うんだ。私は両親を置いていけなくてこの村にいるの」

「私は体の弱い妹がいて長距離を移動できないんだ。それに、やっぱり生まれ育った村だからね。簡単に出て行けないよ」

「あ〜あ、せめて税が下がればいいんだけどなぁ」

そう言って、溜め息をつくメイド達。

領地民が何の不安もなく暮らせるよう、その生活を守るのが当主の務めだ。それなのに、ドレーゼン子爵はみんなをこんなにも苦しめている。

（あの蛇野郎。絶対に横領の証拠を掴んでやるわよ！）

私は、密かに決意するのだった。

そうはいっても、どうやって鍵を奪えばいいのだろう。

解決策が見つからないまま朝になり、昼休憩の時間になった。

その間も、鍵を奪う方法を考え続ける。

（リルの遠くの物を取る魔法は？　300メートル先から鍵を奪ったとして、鍵を奪われたドレーゼン子爵はすぐに執務室に駆けつけるでしょうね。それじゃあ時間が足りなさすぎる。火を点ける魔法は……。危険すぎるわね。誰かが怪我《けが》をしたらいけないもの。リルの魔法を人を傷つけるために使いたくない。植物魔法ならドレーゼン子爵の気を逸らせるかもしれない。だけど、あれ程鍵を奪われることを警戒している子爵の首から、ペンダントを奪い取るのは難しいでしょうね。一体どうすれば……）

「難しい顔して、何を考えているのさ」

「ドレーゼン子爵から、鍵を奪う方法を考えてるに決まってるじゃない」

「はっ？」

「えっ？」

側に立っていたのは、昨日の黒髪の踊り子だった。

「えっ？　リルは⁉」

「パンのお代わり貰ってきたよ～」

厨房の裏口から、パンを抱えて出てくるリル。

（やってしまったわ！　リルってばいつの間にいなくなってたのよ！）

「……今のは聞かなかったことにして下さい」

私の言葉に、踊り子のイエローサファイヤの瞳が微《かす》かに揺れた。

「あんた達、一体何者だい？」

「詳しい身分は明かせません。私達は、苦しむドレーゼン子爵領の人々を救うために、ドレーゼン子爵が行っている横領の証拠を掴みに来たんです」

「只者じゃないとは思っていたけど、そんなだいそれた事をしようとしていたとはね。……わかった。協力するよ」

「えっ⁉ 本当ですか？」

「ああ。あたしもあの男は大嫌いさ。蛇みたいな狡猾《こうかつ》な目をして、気味悪いったらないよ。大金をくれるというから留まってたけど、いいかげん嫌になっていたところさ。それで、あたしは何をすればいいんだい？」

「ドレーゼン子爵が身に着けているペンダント。あれが必要なんです」

「ああ、あれか。あの趣味の悪い蛇のやつ。あれは難しいね。前にあたしの仲間が面白《おもしろ》がって触ろうとしたら、思いっきり手をひっぱたかれたからね。……そうだね。今夜宴がある。あいつは普段は潰《つぶ》れるほどは飲まない。だけど、今夜はあたしがあいつの気を引いてやる。その隙に、あいつにたらふく酒を飲ませるんだ。あいつを酔《よ》い潰れさせてペンダントを奪う。できるかい？」

「はい！　ありがとうございます！　あっ……」

「あたしはサンドラだよ。よろしくね」

「はい、よろしくお願いします！」

「ます！」


その夜、宴が開かれた。

天まで届きそうな炎の周りを、踊り子達が、幻想的な音楽に合わせて妖艶に踊る。

それを、特等席で食い入るように見つめているドレーゼン子爵。その横に、私とリルは立っている。

酒を注《そそ》ぐ給仕係のメイドに交代を申し出ると、大喜びで交代してくれた。よほど嫌だったらしい。

村人も招待されていて、30人ほどの村人が、地べたに座り配られた酒や食事を味わっている。

それから、ドレーゼン子爵が個人的に雇っているという騎士が3人。こちらも酒を飲み雑談をしていた。

三杯飲んだところで、ドレーゼン子爵は「もういい」と言った。まだ全く酔っていない。

その時、音楽のリズムに合わせて腰を振りながら、サンドラがこちらに向かってくる。ドレーゼン子爵の前まで来ると、左手の人差し指でドレーゼン子爵の顎をくいと上げた。そして一つターン。シャンシャンと音を鳴らしながら揺れるバングル。美しい黒髪が、ドレーゼン子爵の鼻の先ではためく。

(今だわ)

ぽーっとなって惚《ほう》けている子爵のグラスに、強い酒を注いだ。

「どうぞ」

促されるままに口に運んだ子爵は、それを一気に飲み干す。

「ぐぅ！　随分強い酒だな」

「申し訳ありません」

その後、酒が回り頭が働かなくなったドレーゼン子爵は、私達に勧められるままに注がれた酒を飲み続け、しまいにテーブルに突っ伏して眠ってしまった。

一人の騎士が子爵を運ぼうとする。「手伝います」と言い、一緒に子爵の体を支えた。この騎士の気を逸らせなければ、ペンダントを奪えない。サンドラが、また助け舟を出してくれた。

「騎士様、こっちで一緒に飲みましょうよ」

騎士がサンドラを見た瞬間、子爵の首からペンダントを奪い、エプロンのポケットにしまう。

それから、リルと二人で執務室に向かった。

(今頃《いまごろ》、ドレーゼン子爵は夢の中ね)

子爵以外に、この部屋に来る者はいない。

(焦《あせ》っちゃダメよ、ヴィオレット!)

やはり、ペンダントの後ろが開くようになっていた。中から現れた鍵を金庫の鍵穴に差し右に回す。ガチャリという音が響き、金庫の扉が開いた。

金庫の中には、数え切れないほどの金貨が入っていた。横領で手に入れた金貨だろう。そして、その横に数冊の冊子が置かれていた。一番端の冊子を取り出して開く。元の税と上げられた後の税との差額。つまり子爵が懐に入れた額。それが、日付順、領地ごとに詳細に記載されていた。

(間違いない、裏帳簿だ!)

冊子は全部で6冊。他の冊子も確認すると、全て裏帳簿だった。

（こんなに裏帳簿があるなんて……。ドレーゼン子爵は、随分前から横領をしていたのね）

一番新しい裏帳簿を持って、それ以外を金庫に戻す。

「リル、裏帳簿を見つけたわ！　オリバー村に戻ろう！」

その時、凄《すさ》まじい音を立ててドアが開いた。

「なっ、なんで⁉」

酔い潰れて寝ているはずのドレーゼン子爵が、そこに立っていた。

「お前達！」

「どうしてよ⁉　あんなに酔い潰れていたのに！」

「私はな、どんなに酔っ払おうが、金庫の金を数えてからでないと眠れないんだあ！」

ドレーゼン子爵の合図を受けて、３人の騎士が部屋になだれ込む。

「取り押さえろ！」

その時、リルがステッキをかざし呪文を唱えた。リルの足元に、魔法陣が浮かび上がる。

「ヴィオレット！　来て！」

私に向けて手を伸ばすリル。

「なっ、何だ、これは！」

「まさか……魔法⁉」

その隙に、金庫の中の金貨を鷲掴みにして、勢いよく床にばら撒《ま》いた。「私の金がぁ！」と叫びながら、ドレーゼン子爵が金貨を拾い始める。金貨を拾うのに夢中なドレーゼン子爵と、それに気を取られる騎士達。

（今よ！）

リルの元へ走る。私の手がリルの手に届くまで、ほんの数センチだった。

騎士が私を押し倒し、私の体は勢いよく床に転がった。

（せめてこの帳簿だけでも！　リルと裏帳簿さえ村に戻れば何とかなるわ！）

「リル！」

リルに向けて裏帳簿を投げた。

「ヴィオレット！」

だけど……。

リルが騎士に腕を引っ張られて捕まるのと、魔法陣が消えるのは同時だった。裏帳簿だけを連れて、魔法陣は消えてしまった。

次の瞬間、意識が遠のく。

「リ……ル…………」

目を開けると暗闇《くらやみ》だった。完全な暗闇ではない。微かな光が、かろうじて辺りの輪郭を教えてくれる。

（ああ、月明かりか……）

「リル!?」

飛び起きようとして、両手が後ろで縛られていることに気付いた。

「ヴィオレット？」

すぐ近くで、リルの声がする。

段々と目が慣れてくると、両手を後ろで縛られたリルが、すぐ側に転がっているのがわかった。

「リル！　大丈夫⁉」

「うーん。何とか」

そう言って、もぞもぞしながら体を起こすリル。

（どれくらい意識を失っていたんだろう？）

宴に来ていた村人達の声が聞こえる。まだそんなに時間は経《た》っていないようだ。

（ここは……、さっきまで宴をしていた場所よね？）

それにしても、やけに騒々しい。何かを地面に打ち付けている音が響く。


「目が覚めたか？」

私を捕まえた騎士が、ニヤニヤしながら私達を見下ろしていた。他に騎士の姿はない。見張り役なのだろう。

「……何をしているんですか？」

「決まっているだろう。お前達を火炙《ひあぶ》りにする準備だ」

「はぁ⁉」

「魔女は火炙りと、昔から決まっているだろ」

(冗談じゃないわよ！　何なのこの人、騎士の風上にも置けないわね。ドレーゼン子爵に雇われるくらいだもの、ろくなもんじゃないわ。それより……。とにかく、私がメイドじゃなくて前当主の娘だと知らせないと)

「ちょっとあなた！」

「リル、魔法を解いてちょうだい！」

「むりぃ！　両手を縛られてるからステッキが出せない！」

「何だよ！」

「この子の縄をほどいて！」

「解いてと言われてほどくやつがどこにいる！」

「この子はまだ子供なのよ」

「どこが子供だ！　18歳くらいだろ」

「それは魔法で……」

「魔法？　やはりお前達は魔女なんだな」

「だからそうじゃなくて……。私……、私はヴィオレットよ！　前当主であるグランベール家の娘、ヴィオレットなのよ！」

「お前は馬鹿《ばか》か！　お前の顔のどこが貴族だ！　この大嘘《おおうそ》つきめ！」

「トイレ！」

リルが叫んだ。

「トイレ行きたい！　縄をほどいて！」

「その手に乗るか！　大人しくしていろ！」

「ほんとにトイレなの！　縄！　ほどけ！」

「うるさい！」

騎士がリルを足蹴《あしげ》にし、リルが勢いよく地べたに転がった。

「リル！　あんた！　リルになんてことするのよ！」

「お前もだ！」

騎士に足蹴にされ、私も地べたに転がる。

起き上がらなければと思うのに、体が動かない。

あの時、魔法陣と一緒に裏帳簿も消えた。裏帳簿だけが村に戻り、みんな驚いただろう。今頃マーレイ村に向かって来てくれているはずだ。だけど、オリバー村からマーレイ村まで早馬でも2日かかる。絶対に間に合わない。

見上げると、満天の星がうるさいくらいに瞬いていた。途端に、自分がちっぽけで無力な存在に思えてくる。

（考えてみたら、私って本当は死んでるはずなのよね）

父が「夜逃げするぞ」と言ったあの夜、私は死ぬはずだった。

（強制力だっけ？　やっぱり、死ぬ運命の登場人物は死ぬ運命ってことなのかしら？　どうせ死ぬ

ことになるなら、火炙りより盗賊に殺されたほうがマシだったかな）

リルを見ると、もぞもぞと動きながらまた起き上がろうとしている。

（だけど、あの時死んでたら、リルに会えなかったな）

小リスみたいに可愛《かわい》いリル。

（それに、村のみんなにも会えなかった。お父様とお兄様もやり直せなかった。ローゼマリーとも語り合えなかった。カトリーヌやアニエスとも再会できなかった。最初はうさんくさかったけど、実は良い人のカルロにも会えなかった。それから……、あの男）

銀色の髪、アメジストの瞳。いつだって無表情で私を睨んでくるあの男。だけど、ずっと私の味方でいてくれた、無駄にイケメンのあの男。

（ああ、私、テオのこと好きだったんだなぁ）

会いたかった。叫び出したいくらい会いたかった。

（だけどダメ。どうしてもダメ）

私は死ぬ運命なのかもしれない。だけどリルは違う。こんなところで、こんな死に方をしていい子じゃない。小リスみたいに可愛いリル、私の愛しの魔女っ子。

（リルだけは、絶対に助けないと……！）

その時、ガツガツという地面に響く足音が近づいてきて、私の前で止まった。体を起こし顔を上げると、二人の騎士を従えたドレーゼン子爵が、蛇のような目で私を見下ろしていた。

私は、その蛇のような目を見据えて言った。

「私は魔女です」

「何だ、懺悔《ざんげ》でもする気か」

一人の騎士が、馬鹿にしたように口元を歪める。

「私は魔女です。火炙りでも何でも構いません。だけどこの子は違います。魔女ではありません。魔女ではない者を火炙りにしていいのですか？　あなたの名誉に傷がつくのではないですか？　今すぐにこの子を解放してください！」

「違う！　ヴィオレットは魔女じゃない！」

リルが叫んだ。

「リル、黙って！」

「違うもん！　魔女はリルだもん！　ヴィオレットは魔女じゃない！　火炙りはリルだけでいいの！」

「リル！」

その時、ドレーゼン子爵の右手が、私の左頬を勢いよく打った。

「そんなことは、もうどうだっていい！」

それから、私の胸倉《むなぐら》をぐいと掴む。

「お前達、私の帳簿を何処へやった⁉　金貨に気を取られて気付くのが遅くなったが、帳簿が一冊なくなっている。金貨を盗みに入った魔女の生き残りかと思ったが、そうではないようだ。お前達は何者だ？　誰に頼まれてここに来た？　私の帳簿を何処へやったのだ⁉」

「帳簿？　裏帳簿の間違いでしょ！」

そう吐き捨てると、私の胸倉をつかむドレーゼン子爵の手がブルブルと震え始めた。

「生意気な女め！　帳簿の在り処はもう一人に吐かせる。お前は、望み通り火炙りにしてくれるわ！」

ドレーゼン子爵が、私を無理矢理立たせようとしたその時だった。

「その手を離せ！」

心臓に響く、いい声が聞こえた。

それは、私が一番聞きたかった声だった。


村人達を挟んで向こう側の高台に、父とテオとカルロが立っていた。テオの銀色の髪が、月明かりの下で発光して見える。

「グランベール！　何故《なぜ》この村にいるのだ！」

蛇のような目をひん剥きながら、ドレーゼン子爵が声を荒らげた。

「ジョルジュ・ドレーゼン、お前は、領地の税を上げそれを着服していたな！　これが、お前が税を横領していた証拠だ！」

父が、魔法陣でオリバー村に送られた裏帳簿をぐいと前に突き出す。

「何で前の当主様が？」

「税を横領？」

「一体どういうことなんだ？」

地面に丸太を打ち付けていた村人達の間から、困惑した声が聞こえてきた。

「なっ、なぜお前がそれを⁉　こいつらに帳簿を盗ませたのはお前だったのか！」

ドレーゼン子爵が、私とリルを睨む。

「ジョルジュ・ドレーゼン、お前の爵位は剥奪され、領地は王家に返還されるだろう。我々と共に王都へ行き、出頭するのだ！」

「グランベール！　何故私がお前の指図など受けねばならんのだ！　私が横領をしていたとして、お前に何の関係がある！　そもそも今のお前は男爵、私より爵位が下ではないか！　爵位が下の者が上の者に命令することなど出来ん！　さっさとその帳簿を置いて、寂《さび》れた何とかという村へ帰れ！」

「私は男爵ではない！　王から新たな爵位を賜わった。私はグランベール侯爵である！」

「こっ、侯爵⁉」

ドレーゼン子爵の体が、ワナワナと震え始める。

「おっ、お前が侯爵だとして、それでも、我が領地の問題に首を突っ込む権利も、私を裁く権利もお前にはないわ！　くそっ！　こいつらを火炙りにしたら、次はお前達を痛い目に遭わせてやる！

村人ども！　そいつらを捕まえろ！　言うことを聞かないと更に税を上げるぞ！」

「そんなこと言われたって……」

「なぁ、どうする？」

村人達は戸惑った様子を見せながらも、父に向かってじりじり近づいて行く。

その時、父が声を張り上げた。

「これは王命であるぞ！」

「はっ！　グランベール、何故お前が王命など受けるのだ！　王命なら何故王立騎士団が来ていない⁉　この大嘘つきめ！」

「これが見えないか！」

父は、右手を高らかに掲げた。

父の手の中で光を放つのは、王族だけが持つ王族の証し、金色に輝く王章だった。

「そっ、それは王章！　まさか本当に⁉」

「ジョルジュ・ドレーゼン！　お前は王命に逆らうのか！」

膝から崩れ落ちたドレーゼン子爵は、その場にへたり込み、がっくりと首を垂れた。


「ヴィオレット！」

いつの間にか、テオが私の所まで来ていた。ドレーゼン子爵の雇われ騎士達は、皆呆然《ぼうぜん》と立ち尽くし自分の仕事を放棄している。

テオが、私の腕を縛っていた縄を解いた。

「リル！　早くリルを！」

「リルは大丈夫ですよ、ヴィオレット様」

カルロが、リルの縄を解いてくれていた。

「ああ、腕が痛かった！」

伸びをして、ローブからステッキを取り出したリルは、ステッキの先を空に向けて呪文を唱えた。

私とリルを光の粒が包み込む。次の瞬間。

「えっ⁉　顔が……」

「顔が変わった！」

村人達の間から、ますます困惑した声が聞こえてきた。

それから、私の肩を大きな手で包んだテオが、その場にいる全ての人に聞こえるように大声で叫んだ。

「彼女は我が妻ヴィオレット・スカルスゲルド！　そこにいるグランベール侯爵の娘だ！」

さっき私とリルを足蹴にした騎士が、声を震わせる。

「こっ、こっ、侯爵の娘……！」

「だから、私言ったわよね？　私は前当主グランベールの娘ヴィオレットだと。リルを足蹴にした罪、きっちり償ってもらうわよ！」

涙目になった騎士は、口をパクパクさせながらその場に尻《しり》もちをついた。他の二人の騎士も、観念したようにその場に跪《ひざまず》く。

父が再び声を張り上げた。

「そうだ！　そこにいるのは我が娘ヴィオレットだ。ヴィオレットは、ドレーゼン子爵の不正を暴《あば》き、悪政に苦しむ領地民を救うため、メイドに扮しこの村に潜入していたのだ！」

「ヴィオレット様が？」

「前当主様のお嬢様が、私達のために……」

村人達のざわめきが、どんどん大きくなっていく。

「そしてその隣にいるのは、ヴィオレットと共にこの村に潜入していた、魔女見習いのリルだ！」

父の言葉を聞いて、村人達が一斉にリルを見た。

「やっぱり魔女なの？」

「魔女なら火炙りだろ」

「だけど、私達を救うためにこの村に来たって」

「本当なのか？」

村人達のざわめきが最高潮に達したその時、父が有らん限りの声を響かせた。

「皆聞いてくれ！　確かにリルは魔女見習いだ。しかし、ドレーゼン子爵の不正を暴き、皆を救うため、その魔法を使い我々と共に戦ってくれた大切な仲間なのだ。それでも魔法は怖いものだと思うか？　魔女を忌み嫌い、火炙りを望むのか？　皆答えてくれ！」

村人達が口籠る。私達から視線を逸らす者。隣の者と目を合わせる者。

その時、村人達の中からこんな声が聞こえた。

「魔女は怖くなんかありません！」

声を上げたのは、去年までオリバー村で御者をしていたロビンだった。

「僕は、この村に帰ってくる前はオリバー村に住んでいました。リルとも村で一緒に暮らしていました。リルの魔法は少しも気味が悪くなんかありません！　リルは、素敵な魔法を使う可愛い魔女見習いです！」

村人達が、顔を見合わせてささやき合う。

「そっ、そうよね。とっても可愛いもの。見て、あの小リスみたいな顔」

「それにあのぷくぷくほっぺた！　むにむにしたくなるわ」

「あの子の何処が気味が悪いって？」

「考えてみたら、俺達魔女に何かされたわけでもないのに、どうしてあんなに嫌っていたんだろう」

「昔は魔女と助け合って暮らしていたって、じいさんが言ってたよな」

「それに、私達を救ってくれた恩人じゃない！」


「ヴィオレット様！　魔女見習いのリル！　ありがとう！」

そんな声が上がった。

「ヴィオレット様！　魔女見習いのリル！　バンザイ！」

そんな声も上がった。それから拍手が湧き起こった。

「ヴィオレット……」

ローズピンク色の瞳に涙をいっぱい溜めたリルが、私を見上げる。

「リル！」

私は、そんなリルを抱きしめた。

その後、ドレーゼン子爵と騎士達は、テオとカルロによって縄でぐるぐる巻きにされた。

「お父様！」

息を切らしながら走ってくる父。そんな父の元に駆け寄る。

「ヴィオレット！　怪我はないか？」

「はい。お父様、とにかく聞きたいことが山積みです。まず、侯爵って何ですか⁉」

「ああ、実はな、お前達がマーレイ村に潜入する準備をしている間、王都へ行って王に会っておったのだ」

（そういえば、お父様の姿が見えないと思っていたのよね）

「以前、石鹸《せっけん》を民に広め、流行り病の予防に貢献した功績で、褒美をやるからと王城に呼び出されたことがあっただろう。何でも望みを言えと言われたのだが、何も思い浮かばなくてな。それで保留にしてもらっていたんだが……」

「まさか」

「そのまさかだ。試しに侯爵位が欲しいと言ってみたら、あっさりやると言われてな」

「だけど、あの王章は？　お父様が王都へ行った時、まだ裏帳簿は手に入っていませんよね？　どうやって王様に王章を出させたんですか？」

「あれはな……」

父が、少しだけ声を潜める。

「あれはジュリアの物だ。お前知っていたか？　ジュリアが、実はジュリアンという名前の男子で王の隠し子だと」

(前世の記憶があるから知っているけど、ややこしいことになりそうね。ここは知らないフリをしておこう)

「まあ！　そうなのですか？」

「ああ。ジュリア……ジュリアンが全て話してくれたのだ。実はジュリア……ンは、イグナシオ王子の勢力による暗殺から逃れるため、王の手引きによって修道院に身を隠していたのだ。そして、不測の事態が起きた時に身を守れるようにと、王章を持たされていた。その王章を、お前達を救うのに必ず役に立つと、ジュリア……、いや、ジュリアンが私に託してくれたのだ」

「そうだったんですね。だけど、勝手に王章を使って、王の許可なくドレーゼン子爵を捕まえて、お父様は大丈夫なんでしょうか？」

「ドレーゼン子爵の様子を見るに、余罪はたくさんありそうだ。極悪人を捕まえたのだ。大目に見てくれるだろう。ダメなら……とにかく謝るさ」

「それから、これが一番聞きたいことです。どうしてこんなに早く着いたんですか？　オリバー村からマーレイ村まで、早馬でも2日はかかりますよね」

「ああ、それはな……」

その時、

「リル！」

「師匠！」

黒いローブを着た年配の女性が、父の背後から現れた。

（えっ！　この人がリルのお師匠様なの？　テンプレの魔女のお婆《ばあ》さんを想像していたのに……。まさに美魔女じゃない！）

灰色の長い髪を後ろで緩く結わえ、黒いローブに黒い三角帽子。皺《しわ》は刻まれているがかなりの美人だ。髪をまとめ化粧をし、宝石をつけてドレスを着れば、貴族夫人と言っても誰も疑わないだろう。

父が話を続ける。

「リルの魔法陣で裏帳簿だけが帰ってきて、どうしたものかと皆で話し合っていた時、魔女様が現れたのだ」

「魔法陣の練習も兼ねてオリバー村に行ったきり、リルが帰って来ないものだから、様子を見にオリバー村に行ってみたんですよ。そうしたら、何だか大変なことになっていましてね」

「話を聞いた魔女様が、我々を魔法陣でマーレイ村に連れてきてくれたのだ」

「そうだったんですね！　魔女様、本当にありがとうございました」

感謝を伝えると、感慨深そうに目を細めた魔女様は、

「いえいえ、こちらこそリルが世話になりました。それに、魔女が民にあんなふうに礼を言われるとはね。良いものを見させてもらいましたよ」

と言って笑った。

その時、駆けてきたサンドラが勢いよく私に抱きつく。

「ヴォリー、いや、ヴィオレット様、無事で良かった！」

「サンドラさん！」

「あたしら、隣町の夜警に助けを求めに行こうとしたんだ。そしたらあの人達が急に現れて……。本当に驚いたよ！　魔法ってやつは凄いね！」

「サンドラさん、みなさん、ありがとう！」

「ところで、あいつらどうするんだい？」

サンドラが、縄でぐるぐる巻きになっているドレーゼン子爵と騎士達を見る。

「今夜はもう遅い。一旦《いったん》オリバー村に帰って、明日王都へ移送しよう」

父の言葉を合図に、魔女様が魔法陣を発動させた。

サンドラや踊り子達に別れを言う。それからロビンにも。

「みなさんありがとう！　またいつか、必ず会いましょう！」


（それにしても、さすがに本物の魔女は凄いわね）

魔女様の魔法陣は、八畳間くらいの大きさで、私とリルと父、それからテオとカルロ、ぐるぐる巻きにされてへたり込んでいるドレーゼン子爵と騎士達が入ってもまだ余裕があるくらいだ。おまけに、リルのようにワープしたい場所にいる人の顔を思い浮かべるのではなく、行きたい場所の名前や風景を思い浮かべてワープする仕組みなので、何処へでも好きな場所に行けるらしい。

（まさにレベチってやつね）

「リル、あなたのお師匠様、凄いわね！」

「でしょ！　リルね、師匠が世界で一番好き！」

それから、リルは私の耳元で囁《ささや》いた。

「でもね、ヴィオレットのことも、師匠と同じくらい好き！」

「リル！　私も大好きよ。私の愛しの魔女っ子だもの」

魔女様が呪文を唱え、私達はオリバー村にワープした。

「お父様！　お姉様！」

「ローゼマリー！」

ローゼマリーに勢いよく抱きつかれよろめいた私を、テオが支えてくれる。

「ローゼマリー、心配かけたわね」

ジェシカや村のみんなも集まっている。

「ヴィオレット様、リル、本当に良かった……！」

「みんなも心配かけてごめんなさい。そしてありがとう」

それから、ローゼマリーの後ろでもじもじしているジュリアンに声をかける。

「ジュリアン、本当にありがとう。あなたのおかげで悪いやつを捕まえられたわ。あなたはヒーローね」

「ひーろー？」

「勇気ある人という意味よ」

ジュリアンも私に抱きつく。二人の小さな背中を抱きしめながら思う。

（私達、帰ってこられたのね。オリバー村に）


ドレーゼン子爵と騎士達は、今夜一晩ペンションの地下倉庫に閉じ込めておくことになった。

「皆さんお疲れでしょう。我々が交代で見張っておきますから、今夜はゆっくり休んでください」

と村長が言ってくれたので、ドレーゼン子爵達のことは、村のみんなに任せることにした。

魔女様とリルにも泊まっていってほしかったけど、住んでいる森に帰らなければならないらしい。

「この子より小さい魔女見習い達が帰りを待っていますからね。それにしても、この村はいい村ですね」

「またいつでも遊びに来てくださいね」

「そうさせてもらいます。人里離れた淋しい森に住んでいますから、みんな喜ぶでしょう」

「リルってば、お姉さんだったのね」

「そうだよ！　リル一番弟子だから」

「まだまだひよっこですがね」

「じゃあ、ヴィオレット、またね！」

二人が魔法陣で消えてしまうと、途端に淋しい気持ちになる。

ペンションは宿泊客で埋まっているので、今夜はグランベール邸の二階に泊まることになった。当然のように、私とテオは同じ部屋に泊まる流れになる。カルロは、ドアが閉まる瞬間までにやにやしていた。

この部屋のベッドは、ペンションのダブルベッドより小さい。

「俺は床で……」

「そこまで！　そういうの止めましょう。どうせ朝まで数時間なんですから、一緒に寝ましょう」

そう言ってみたものの、私もテオも仰向《あおむ》けの体勢で固まっている。テオの左腕と私の右腕がぴたりとくっついているので、身動き一つ出来ない。だけど、伝わる体温に胸がいっぱいになる。

「あの時……、言いましたよね、我が妻って」

「お前は俺の妻だろう」

「だけど、私達契約結婚ですよね？」

テオは、大きな溜め息をついた。

「あの日、お前は契約がどうとか言っていたが、それに対して俺は返事をしたか？」

思い返してみると……。確かに、テオは私の契約結婚でもいいという言葉に対して、何も言っていない。

テオの方に体の向きを変える。

「それじゃあ、私達契約結婚じゃないんですか？」

「だから、そう言ってるだろ？」

「それならどうして？」

「はっ？」

「私がスカルスゲルド邸に来た日に言ったじゃないですか？　寝室は別々だって。契約結婚じゃないなら、どうしてそんなこと言ったんですか？」

「それは……。お前はまだ未成年なんだ。当然だろ！」

（……大真面目《まじめ》か！）

テオもこちらに体を向けたので、私達の体は向かい合わせになった。

「それじゃあいつならいいんです？　20歳になったらですか？」

「それは……、まあ、20歳を過ぎたら……」

「それなら、口づけは？」

「はっ？」

「口づけも20歳までダメなんですか？」

「口づけは……まあ……20歳じゃなくても……」

私はテオに口づけをした。ほんの短い、ライトキスというやつだ。

テオが私の頬に触れる。テオの大きな手の長い指が、小刻みに震えている。

それから、私達は長い口づけをした。

10章 それからどうしたかというと

　次の日、私達が乗ってきた馬車とオリバー村の馬車の二台で、ドレーゼン子爵と騎士達を王都に連行した。

　3人の騎士の身柄を警備隊に引き渡し、それから、ドレーゼン子爵と子爵の裏帳簿を王に渡した。

ドレーゼン子爵は裁判にかけられ、数ヶ月後、爵位剥奪、財産没収の上国外に追放となった。

　勝手に王章を使ってドレーゼン子爵を捕らえたことを、王に怒られるのではと内心ビクビクしていた父だったが、何故だか父がジュリアンを保護し、オリバー村で匿《かくま》っていたと勘違いした王から褒美をやると言われ、元ドレーゼン子爵領の全てが父のものになった。

　そして父は、この国で最も広い領地を持つ当主、グランベール侯爵になったのだった。

　それでも王都に屋敷は持たず、オリバー村のグランベール邸を拠点にして、王宮の仕事を辞めた兄のエドワードと一緒に領地を回り、ドレーゼン子爵の悪政により見る影もなくなった町や村の復興に力を注いでいる。まだまだ頼りないけれど、父は領地民に愛される立派な当主だ。

　ちなみに、マーレイ村のドレーゼン邸は、グランベール家の援助を受けてペンションに生まれ変わった。

あの美しいバラ園を生かさない手はない。そう父に話すと、父はすぐに行動を起こしてくれた。侯爵になった父は、以前よりバージョンアップしているようだ。

ペンションの売りは、美しいバラ園の中で楽しむ優雅なティータイム。これが貴族の間で評判になり、なかなか予約の取れない人気のペンションになった。ペンションの女主人は、バラ園をこよなく愛するメイド長。他にもドレーゼン家の元使用人の中で希望した者が、ペンションの従業員として働いている。

それからもう一つ。

ジュリアンが本当は男の子で、王の隠し子であることは村のみんなの知るところとなった。けれども、

「ローゼマリー様もジュリアン様も、村の者全員で協力して、全力でお守りします」

と村長が約束してくれ、村のみんなも賛同してくれたので、ジュリアンは引き続きオリバー村で暮らすことになった。

もちろん特別扱いはしない。村長や村人達と一緒にじゃがいも畑を耕しにわとりの世話をするジュリアンは、泥だらけになりながらも、以前よりよく笑うようになった。

そうして数ヶ月が経《た》った。私は今、オリバー村にいる。

今日はジェシカとケビンの結婚式だ。

少し前、オリバー村に小さな教会が建てられた。二人の結婚式は、オリバー村の教会で行われる最初の結婚式になる。

「私もいい歳《とし》ですからね、結婚式なんていいって言ったんですよ。そしたら村長が、オリバー村教会の最初の結婚式は、私とケビンじゃないと嫌だってきかなくて」

そんなふうに文句を言いながらも、ジェシカはとても幸せそうだ。純白のドレスの胸元《むなもと》には、ラベンダーの花穂で作ったブローチが、優しさの象徴のように揺れている。

結婚式には村人全員が招待された。それから私とテオ。カルロは奥さんと子供達を連れての参加だ。燃えるような大恋愛の末に結婚したというから、どんなゴージャス美女なのかと思っていたら、笑顔が可愛《かわい》くてよく笑う、とても素敵な女性だった。奥さんと笑い合うカルロの笑顔は全然うさんくさくなくて、ああ、これがカルロの本当の笑顔なんだなと理解する。そして、それがとても幸せなことだということも。

リルと魔女様と魔女見習い達は、数日前にオリバー村の近くの森に引っ越してきた。「村に住めばいいのに」とみんなは言ったけれど、魔女様は「それは遠慮しますよ」と返事をした。

「オリバー村の人達が、魔女を嫌っていないことはわかっています。そうはいっても、オリバー村には観光客がひっきりなしに来ますからね。多くの人達にとって、まだまだ魔女は忌み嫌われる存在なんです。私達のためにも村のためにも、少し離れているくらいがちょうどいいでしょう。それでも、魔女を好いてくれる人達が近くにいて、会いたい時に会えることは、小さい魔女見習い達の希望になりますから。だからこの村の近くに引っ越すことに決めたんです。それに、魔女は森に住む、それが魔女のセオリーですから」

それにしても、小さい魔女見習い達の可愛さといったら規格外だ。

（なんて可愛いの！　リルのミニチュアが三人も！　みんなほっぺたぷくぷくじゃない！）

私は、魔女見習い達のほっぺたをムニムニしたいという衝動を、必死で抑えたのだった。


結婚式の後は、ペンションの前の広場で、村長が大好きな宴会だ。

みんなが笑って、愉快な時間が流れる。

宴会の最中、一人の男性に声をかけられた。

額にぐるぐる巻きのタオル、白いシャツにニッカポッカ。

（何だか見覚えがあるような……）

「お嬢さん、あの時は悪かったな」

「あっ！」

市場でサシェを売った際に、大工のアントンと一緒にいた小柄な男性だった。

「今日はどうされたんですか？」

「いやな、アントンの所に遊びに来たら、宴会だっていうんで参加させて貰《もら》ったんだ。それにしても、オリバー村がこんなにいい村だったとはな。あんたの言った通りだったよ」

感慨深そうに目を細める男性に、私は言った。

「だから、私言ったわよね？　オリバー村は豊かな村になるって。だけど、これで終わりじゃないわ。オリバー村は、これからもっともっと良い村になるんだから！」

その瞬間、周りにいた村人達から割れんばかりの拍手が起こり、私は拍手と歓声に包まれたのだった。


その後宴会を抜け出して、テオと二人で教会に行った。一度夜の教会に入ってみたかったのだ。

ひんやりとした空気が心地良い。とても静かだ。

「素敵な結婚式でしたね」

「お前は結婚式をやらなくていいと言ったが、それで良かったのか？」

「あの頃は契約結婚だと思ってましたからね。それに、結婚パーティーはしたじゃないですか？」

「しかし、結婚式と結婚パーティーは違うだろう」

「それじゃあ今しましょう、結婚式」

「はっ？」

「二人だけの結婚式っていうのも素敵でしょ。指輪がないですね」

オルガンの上に置かれた花瓶《かびん》に、ラベンダーが咲いているのが目に入る。ラベンダーの花穂を繋《つな》げていき、即席の指輪を作った。それをテオの左手薬指に嵌《は》める。

「テオ・スカルスゲルド。あなたは、ヴィオレット・スカルスゲルドを生涯愛することを誓いますか？」

「あっ……ちか……う……」

「ふふふ」

私が笑うと、テオは怒ったように、「何がおかしいのだ」と口を尖《とが》らせた。

「あなたのこんな顔を見られるのは、この世界で私だけね」

テオが、震える声を絞り出すようにして呟く。

「……ち……誓います……」

「私も誓います。ヴィオレット・スカルスゲルドは、生涯、テオ・スカルスゲルドを愛します」

左手を差し出すと、テオがラベンダーの指輪を薬指に嵌める。

それから、私達は誓いの口づけをした。

テオがどんな顔をしていたのかって？　勿体《もったい》ないので、それは誰《だれ》にも教えない。

ちょっとしたエピローグ　～カルロ・ランカスターの独り言～

幼馴染《おさななじみ》のテオの両親が事故で亡くなり、18歳のテオがスカルスゲルド商会を継いだ時、スカルスゲルド商会は負債だらけだった。そのまま畳んでしまえばいいものを、何故《なぜ》かその負債だらけの商会を継ぐとテオが決めた時、私は衝動的に、決まっていた王宮への仕官を辞退した。あんなに勉強して、やっと試験に合格して決まった仕官だったのに。

だけど後悔はなかった。私は私の未来を、テオ・スカルスゲルドに賭《か》けたのだ。それに、退屈なお役所仕事よりよほど面白《おもしろ》そうではないか。

その後商会は急成長を遂げ、この国で5本の指に入るまでになった。私は賭けに勝ったのだ。

ある日一通の手紙が届いた。差出人はヴィオレット・グランベール。多額の借金を抱えて没落し、伯爵から男爵に爵位が下がった上に、王都の一等地から見捨てられた村に逃げていった没落令嬢。

会う価値などないだろう。そう思っていたのに、何故だがテオは会うと言う。

テオは無駄なことを何より嫌う。中でも、無駄な時間を使うのが何より嫌いな人間なのだ。一体どうしたというんだろう？

ヴィオレット・グランベールが美人だからか？　会ったことはないが、金髪碧眼《へきがん》の相当な美人らしい。

（いや、テオに限ってそれはないな）

何しろこの男は、筋金入りの女嫌い。子供の頃から、その無駄に整った美しい顔のせいで、いらぬ苦労をし続けていた。望まない手紙や贈り物を押し付けられ、待ち伏せされ、付《つ》き纏《まと》われ、あらぬ噂を流される日々。テオに好意を向けた女達は、テオが決して振り向かないとわかると、その好意を悪意に変えて攻撃してきた。商会の仕事を始めてからもそうだ。客という立場を利用し、テオを自分のものにしようとしたご婦人がどれだけいたことか。そのせいで、テオは好きな女が出来たことも、女と付き合ったこともない。さすがに不憫《ふびん》だ。


約束の日、ヴィオレット・グランベールはやって来た。

噂通りの金髪碧眼の美人だ。だけど……。

テオを前にすると、女達は皆同じ行動をする。

ぽーっとなるか、自分を良く見せようと取り繕うか、口説き始めるかのいずれかだ。

だけど彼女は違った。彼女は、真夏の空のように深い紺碧《こんぺき》の瞳《ひとみ》で、真《ま》っ直《す》ぐに私とテオを見ていた。それから、商売の話をした。それ以外には何の興味もないと言うように。

テオが彼女に興味を抱いたのはすぐにわかった。その証拠に、普段は商談が終わればさっさと席を外すのに、一向に席を立とうとしない。おまけにじっと見つめている。まあ、彼女には睨《にら》んでいるようにしか見えなかっただろうけれど。私は思った。

(これは面白《おもしろ》いことになってきたぞ)


ラベンダー石鹸《せっけん》は順調に売れ、販路を広げていった。何の問題もなければ、その後は部下に引き継ぐのがいつものやり方だ。それなのに、いつまで経《た》ってもそうする気配はなく、月に一度の定期報告会にまで自ら参加している。

(スカルスゲルド商会長は、いつからそんなに暇人になったんだ?)

そう思いながらも、むずむずした気持ちが抑えられない。

それにしても、あれは最高に面白かった。


ある日、ヴィオレット・グランベールが約束もなくやって来て、テオに言った。

「結婚してください!」

二人が話している最中、私は顔がにやけるのを我慢するのが大変だった。

ヴィオレット・グランベールが帰った後、私は見た。両手で顔を覆《おお》ったテオの、耳や首が真《ま》っ赤《か》になっているのを。

テオのこんな姿を見られる日が来るなんて……。人生は何が起こるかわからない。そして、だからこそ人生は面白いのだ。

番外編 リルとアップルパイ

魔女見習い、リルの朝は早い。

空が薄明るくなった頃に目を覚ましたリルは、ふかふかのベッドから起き上がる。

部屋に備え付けの小さな洗面台で顔を洗い、歯を磨き、髪をツインテールに結わえて、着替えをする。最後に黒いローブを羽織り、ステッキをしまうのも忘れない。

音を立てないように気をつけて、グランベール邸を出る。グランベール男爵とヴィオレットは、まだ夢の中だ。

5分程歩くと、村長の家の隣にあるじゃがいも畑に着く。

「リル、今日も早いの」

「うん。村長さん、おはよう」

それから、じゃがいもを収穫する村長の手伝いをする。

「村長さん、それじゃあ行くね」

「リル、宜《よろ》しく頼んだの」

籠に入れたじゃがいもを持って、ペンションのレストランに行き厨房に届ける。

「リル、いつもありがとう」

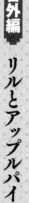

コックのジェームズがにこりと笑う。

「もうすぐ揚げポテトと揚げスティックポテト、それとじゃがいものガレットができるからね」

「うん。後で貰《もら》いにくるね」

それから、ラベンダー畑に向かって歩いていく。

昇る朝日がラベンダー畑を優しく照らし、それに応えるように、可憐な紫色の花達が風に吹かれて揺れている。その美しい風景を見ながら、リルは思う。

（師匠やチビ達は元気かな？）


東の森の奥深くにある小さな家。その小さな家で、リルは、師匠である魔女と同じ魔女見習いのチビ達と暮らしていた。

魔女の朝は早い。今頃《いまごろ》は、師匠が手塩にかけて育てている薬草畑で、薬草を摘んでいる頃だろう。

その薬草を、週に三度、魔法で若い娘に変身した師匠が、近くの町に売りに行く。それが魔女の家の収入源だ。師匠の薬草は、質も良く効き目も高いと評判で、飛ぶように売れる。

若い娘に変身するのは、足の悪い祖父に頼まれて、代わりに薬草を売りに来ていることにするためだ。そういうことにしておけば、いろいろ聞かれたり勘ぐられたりすることもない。

人の往来の多い場所へ行けば、誰《だれ》かが何かの拍子に気づいてしまうかもしれない。だから用心に用心を重ねた。

決して気づかれないように。目の前にいるのが魔女だということに。

魔女。

ほんの百年前まで、魔女は人々に交じって、人々と同じように生活をしていた。魔法を使って困りごとを解決したり、薬草の知識と魔法で薬を作り、それを売って生活していたのだ。

けれども、百年前のある日、それは突然起こった。

怪しい魔法で人を惑わし、毒を自在に操《あやつ》って人の命を奪う。そんな恐ろしい魔女は排除しなければならない。国王が先導し、魔女狩りは始まった。

多くの魔女が火炙《ひあぶ》りにされ、殺された。火炙りにしたのは、そうしなければ、魔女は何度でも生き返ると考えられていたからだ。そして、命からがら逃げ延びた数人の魔女は、森の奥に隠れ、二度とその姿を現さなかった。

魔女は見付け次第火炙りに処す。

先々代の王様が出したお触れは、今も生きている。

だから、決して知られてはならないのだ。魔女が生きてここにいるということを。

リルは魔女ではない。魔女見習いと名乗ってはいるが、自分が本当の意味で魔女になれないことをリルは知っている。

魔女というのは世襲だ。魔女の生んだ子供が魔女になる。何百年と生きる、その生態を、その血を受け継ぐ。

だけど、リルは魔女から生まれた子供ではない。リルは、森の入り口に捨てられていた赤子を、師匠である魔女が拾って育てた子供だ。リルだけではない。三人の小さな魔女見習いも、森に捨てられていたのを、師匠が拾って育てているのだ。

どういうわけか、生まれたばかりの赤子が森に捨てられるという悲しい出来事が、本当に時々だが起こる。けれど、その赤子を全員育てるわけではない。魔法の才能がない赤子は、師匠が預け先を探す。修道院の前とか、教会の前とか、時には裕福だが子供に恵まれない夫婦の屋敷の前などに、移動用魔法陣を使って置いてくるのだ。

リルには魔法の才能があった。だから、師匠に習い修行をすることで、魔法が使えるようになった。

だけど、リルは魔女ではない。魔女の血は受け継いでいない。何百年と生きることはない。リルは人間なのだ。そう、魔法が使える人間。そんなところだ。

魔女は見つかり次第火炙りになる。そのことを、師匠はリルに話さなかった。ただ、魔女は人々に忌み嫌われ、恐ろしいもの、気味の悪いものと思われている。だから、魔法が使えるということは決して知られてはならないのだと教えた。

魔女が人々から忌み嫌われているのは、紛れもない事実だ。魔女狩りから百年が経《た》った今、人々は、魔女は遠い昔の負の遺産で、すでにこの世界から消え去ったものと認識している。ただ、魔法で人を惑わし、死に至らしめたという恐ろしさと、火炙りという残忍な方法で殺されたことだけが記憶に残り、恐怖を連想させる存在として、人々の心に暗い影を落としていたのだ。

リルは、森での暮らしに満足していた。師匠のことは好きだし、尊敬もしている。チビ達はかわいいし、魔法が上達するのも、新しい魔法を覚えるのも楽しい。だけど時々思った。

（魔法を覚えて、何の意味があるんだろう）

リルが使えるのは、植物に関する魔法と、遠くのものを取る魔法と、火を起こす魔法だ。

植物に関する魔法は、質の良い薬草を育てるのに役に立つし、遠くのものを取る魔法は、高い木になっている木の実を取るのに役に立つ。だけどそれだけだ。薬草は、手塩にかければ魔法を使わなくても上等に育つし、高い場所にある木の実を取らなくたって生きていける。火に至っては、今どきマッチを擦《す》って火を点けるのと時間も労力も変わらない。ただマッチ代が浮くだけだ。

そして、一所懸命努力して魔法を覚えても、それが誰かの役に立つことはない。誰かの前で魔法を使う機会が、訪れることはないからだ。


そんな疑問を抱えながら、リルは歳《とし》を重ねた。7歳、8歳、9歳。その頃には、リルは外の世界を見たいと思うようになっていた。

リルが知る外の世界は、時々師匠が薬草を売りに行く時に連れて行ってくれる、町の市場だけ。

（外には、もっと違う世界があるのかな？）

そして10歳。リルは魔女の家を飛び出した。

家出と称したのは、帰るつもりがあるから。家を出てもそのうち帰るのが家出。リルの中ではそういうことになっていた。

魔法が使えるので、食べるのには困らなかった。人っ気のない森のけもの道を歩いていたが、危険な目にも遭わなかった。そして、ただただ退屈だった。

（外の世界って、こんなものか）

そろそろ魔女の家に帰ろうか。そう思っていた矢先だった。

その日は、魔法で川魚を釣って、魔法で木を集めて、魔法で火を起こして焼いて食べた。連日そんな感じで魔法を使っていたこともあって、軽い疲労を感じたリルは、少し休もうかと道端に寝転んだ。

しばらくすると、馬の嘶《いなな》きが聞こえて周りが騒がしくなった。

この時のことに関しては、道端で寝転がっていたリルが全面的に悪いのだが、リルが旅に出てから、一度も、誰一人としてその道を通らなかったのだから、そのあたりを汲んでやってほしい。

この時、リルは何だか面倒なことになったなと思ったし、面倒だから目を瞑《つむ》っていようとも思った。

そして、温かな手がリルを抱き上げて運ぶ。

リルが目を開けると、そこには、優しそうな顔をしたおじさんと、美しい少女の姿があった。二人とも、心配そうな表情でリルの顔を覗《のぞ》き込んでいる。

リルが見たことがあるのは、師匠が連れて行ってくれる市場にいる女達だけ。その女達と見比べて、うちの師匠は歳のわりに綺麗《きれい》なんだな。整った顔立ちをしているから所謂《いわゆる》美人ってやつなんだなと思ってはいたけれど、その少女は、綺麗とか、美人とか、そんな言葉では言い表せない顔をしていた。

輝き。そう、輝き。少女の顔は輝いて見えた。特にその、燦々と降《ふ》り注《そそ》ぐ陽光を浴びた、真夏の空のように光る紺碧の瞳《ひとみ》。

その瞳を見た時思った。

この人は、正直で真《ま》っ直《す》ぐな人だと。

そして、面白《おもしろ》いことをたくさん知っている人だと。

だから、ついていこうと決めた。

きっと面白いことが待っていると、そう思ったから。


オリバー村は良い所だった。ベッドはふかふかだし、初めて食べたじゃがいも料理は美味《おい》しい。それに、村のみんなは優しかった。

リルは魔女ではない。魔法が使える人間だ。だから、魔法を使わない限り魔女見習いだと知られることはない。

リルを連れてきた少女、ヴィオレットの言葉に甘えて、リルはしばらくオリバー村に滞在することに決めた。

ある日、ヴィオレットが言った。

「ここを一面のラベンダー畑にして、この村の観光名所にしたいんです」

リルはわくわくした。何か面白いことが始まりそうだと思った。

それから、村人全員で、ヴィオレットが買ってきたラベンダーの苗を植えた。魔法を使えばもっと簡単に植えられるけれど、魔法は使えない。リルは我慢した。

だけど、ラベンダーはすぐには咲かないらしい。リルは見たかった。ヴィオレットが見せたいと言ってくれた、一面のラベンダー畑を。

（ヴィオレットがこんなに楽しみにしているラベンダー畑って、どんなに綺麗なんだろう？　ヴィオレットの夏の空みたいな瞳より、もっともっと綺麗なのかな？）

リルは我慢が出来なかった。

それに、わかっていた。リルの魔法を見たヴィオレットは、きっとこう言ってくれる。

「リル！　凄いわ！　最高よ！」

だから、魔法を使った。


「☆～。*゜～～～～☆*。～」


リルの思った通り、ヴィオレットは言った。

「すごい！　すごいわリル！　あなたって最高よ！」

それから、こうも言った。

「魔女っ子最高！　可愛《かわい》すぎるわ！」

まじょっこはよく分からなかったが、リルはとても嬉《うれ》しかった。

それが、長い歳月を掛け、懸命に努力を重ねて習得した魔法が、誰かの役に立った初めての瞬間だったから。

それに、リルは知ることができた。師匠から聞いていたより、魔女は嫌われていないということを。


リルがラベンダー畑の前で思い出に浸っていると、厳《いか》つい集団が、ラベンダー畑を挟んだ向こう側の平地に現れた。大工のアントンとその弟子達だ。グランベール邸がある村の中心からラベンダー畑を挟んだ反対側に、スパという建物を建てているのだ。リルにはよくわからないが、スパというのは物凄く良い所らしい。

二列に並んだアントンと弟子達が、掛け声を掛けながら機械的な動きをする。

ヴィオレットがアントンに教えた、ラジオ体操というものだ。ヴィオレット曰く、作業を始める前にラジオ体操をすれば、体が解《ほぐ》れて怪我《けが》が減るらしい。

リルに気がついたアントンが手を振る。リルが両手で振り返すと、弟子達も手を振った。

レストランに戻ったリルは、揚げポテトと揚げスティックポテトとじゃがいものガレットを受け取り、グランベール邸に帰った。

ヴィオレットとグランベール男爵が、食堂に降りてきていた。それから、三人で朝食を取る。ふいにヴィオレットが言った。

「甘味が欲しいわ」

「かんみ？」

「スイーツよ」

「すいーつ？」

ヴィオレットは、時々意味不明な単語を口にする。最初は、自分が世間知らずなせいでわからないのかと思っていたリルだったが、他のみんなも首を傾げていることから、ヴィオレットがみんなの知らない単語を話しているのだと理解した。

「ジェームズが作るじゃがいも料理は美味しいし、レストランも好評だけど、しょっぱい系ばかりだとさすがに飽きるわよね」

（飽きる？　このじゃがいも料理に？）

リルは不思議に思った。リルがじゃがいも料理に飽きることは永遠になさそうだったから。

揚げポテトは塩っ気が利いてさくさくだし、揚げスティックポテトはほくほくで、マヨネーズやサワークリームをつけて食べるとますます美味しくなる。ガレットや他のじゃがいも料理も絶品だし、飽きるなんてことは考えられなかった。

思い返してみれば、魔女の家にいた頃、食べていたのは薬草鍋ばかりだった。師匠が、その日摘んだ薬草の中で売り物にならないのをポンポン入れていくので、毎日微妙に味が違う。その中に、小麦粉に水を加えて練って丸くしたものを入れる。毎日三食それを食べていた。

師匠が町に薬草を売りに行く日は、帰りに市場でパンを買ってきてくれる。そのパンに手作りのジャムをつけて食べるのが何よりのご馳走だった。

春と夏は森で摘んだ木苺を。秋には栗を拾ってきてジャムを作るのだ。

そんな食生活だったので、リルにとってじゃがいも料理はご馳走だった。

ヴィオレットが言う。

「しょっぱいものばかり食べていると、甘いものが欲しくなる。レストランだってそうよね。これまではじゃがいも料理だけだったけど、やっぱり食後にはデザートがないと。ジェームズと相談して、レストランで出すデザートのメニューを考えないといけないわね」

「デザートといえば、お前はクラウディアが作るアップルパイが好きだったなぁ。ローゼマリーはまだ小さかったが、クラウディアのアップルパイを見ると、手を叩《たた》いて喜んでいたよ」

「クラウディア？」

「私のお母さんよ。ローゼマリーは私の妹」

「クラウディアは、お前達がアップルパイを食べるのを嬉しそうに眺めていたなぁ」

そう言ってグランベール男爵が泣きだした時、リルは心底驚いた。

「おじさん、何で泣いてるの？」

「お母様、お父様にとっては奥さんね。その人のことを思い出して泣いているのよ」

「ヴィオレットのお母さんって死んじゃったんでしょ？　死んだ人のことを考えて泣いてるってこと？」

リルにはさっぱり理解できなかった。リルは、これまで身近な人を亡くしたことはない。魔女である師匠は、リルより長く生きるだろう。そして、リルより小さなチビ達もそれは同じだ。誰かが自分より先に死んでしまうことも、その死んでしまった誰かを思うことも、リルには想像出来ないことだった。

そして、ヴィオレットは更に理解できないことを言った。

「お父様は、お母様を愛しているのよ」

「あい？」

（あい？　あいってなに？　なんのこと？）

グランベール男爵は、まだ泣きべそをかいている。

「それを言ったら、あのアップルパイこそ愛だったのだ。アップルパイというのはな、作るのに手間と時間と労力を要するんじゃ。クラウディアは物凄く忙しかった。わしがポンコツなせいでな。だから、コックに作らせればいいと言ったこともある。それでも、クラウディアは忙しい合間を縫って時間を作り、自らの手でアップルパイを作ったんじゃ。全《すべ》ては、愛する子供達の喜ぶ顔を見るため。それが愛なのだ」

「アップルパイがあいってこと？」

ヴィオレットが、リルの顔を見て笑う。

「リルにはまだ難しいかもね」

それから、拳《こぶし》を握って両手を掲げた。

「私決めたわ！　アップルパイをレストランの新メニューにする！」

次の日。リルは、ヴィオレットと連れ立って隣町の市場へ出掛けた。御者を引き受けてくれた、村長の義理の息子イアンも一緒だ。

青果の露店を見つけたヴィオレットは、値段を見て叫んだ。

「りんご一つ銅貨8枚⁉　無理よ無理！　とてもじゃないけど手が出ないわ。それにしても、この世界って肉と同じくらい果物が高いのね」


〝この世界〟。

ヴィオレットは、よくそう口にする。

この世界。

この世界がこの世界なら、この世界ではない違う世界があるということなのか。そして、ヴィオレットはその世界を知っているのだろうか。

聞きたかったけど、リルは聞かなかった。いつか、ヴィオレットが話してくれるのを待とうと思ったのだ。


「仕方がない。最終手段よ！」

それから、町の外れの園芸の卸問屋に行った。

ヴィオレットは、そこでりんごの苗木三本と肥料と石灰を買った。

オリバー村に戻り、グランベール邸の裏庭にりんごの苗木を植える。イアンの他に、グランベール男爵と村長が手伝いに来てくれた。

まず穴を掘って、掘り上げた土に堆肥と石灰を混ぜる。苗木に支柱を立てて浅植えし、肥料を加えた土で埋める。それからたっぷり水をやる。

「園芸店のおかみさんが、親切に植え方を教えてくれたから助かったわ」

リルが尋ねる。

「ねえ、ヴィオレット。りんご、いつ頃食べられるの？」

「うーん。じゃがいもしか育たないオリバー村の土と気候では、この木が無事に育ってりんごがなるかどうかは賭《か》けみたいなものね。村長達は畑で作る農作物しか試したことがないらしいし、ラベンダー畑のオリーブの木には前は実がなっていたっていうから、植えてみる価値はあると思ったのよ。それに、りんごの木は育てるのが物凄く難しいらしいの。まあ、ものは試しよ。それくらいの気持ちでいましょう。どちらにしろ、この木が大きくなるのには何年もかかるから、まだまだ先の話ね」

「えっ？　アップルパイ食べられないの？」

「アップルパイはお預けね。レストランのデザートメニューは別に考えるわ。パンケーキも、工夫すればレストランで出せるメニューになるだろうし……。リル？」

ヴィオレットが一つ瞬きをする間に、リルはステッキを掲げて呪文を唱えた。

「☆～。＊゜～～～～☆＊。～」

光の粒がりんごの苗木を包んだ瞬間、ゴゴゴゴッという物凄い地響きが起こった。そして、光の粒が消えると、そこに三本の立派なりんごの木が立っていた。

周りの家からもペンションからも、村人達が驚いた様子で飛び出してきた。ペンションの窓からは、何かあったのかと観光客が顔を出している。

「ここって、こんな木あったかしら？」

三姉妹の長女のジェシカが、呆然《ぼうぜん》とした顔でりんごの木を見上げる。

「あれ……！」

三女のマドレーヌが木の上の方を指さして、それを見た次女のナタリーが叫んだ。

「りんご！」

リルが、尻《しり》もちをついているヴィオレットに手を貸す。

「リル、魔法を使うなら先に言ってよ！」

「ヴィオレット、魔法を使えばすぐに育つってわかってるのに、どうしてリルに頼まないの？」

「だって、木まで大きくできるなんて思わないじゃない！」

リルは思う。

ここの人達はみんなそうだ。リルの魔法で、楽をしようとしたり得をしようとしたりしない。

その証拠に、魔女見習いだと告白してから、誰にも聞かれなかった。どんな魔法が使えるのかと。

普通、魔法を使える存在が近くにいたら、怯《おび》えて近づかないか、そうでないなら、どんな魔法が使えるのか聞き出して、それを使って楽をしたり得をしたりするものではないのか？

リルが来てから村の人口はどんどん増えていったが、ずるい人間や嫌な人間は一人もいなかった。

リルはそれを、村中に漂うラベンダーの匂《にお》いのおかげなのではないかと思っていた。この匂いを嗅ぎながら暮らす人々は、穏やかな気持ちになり人に優しくなれるのだ。


イアンが息子のヘンリーを肩車し、ヘンリーがりんごをもぎ取る。それを弟のショーンに渡し、ショーンが嬉しそうに母のハンナに渡した。

ハンナがこちらを見て笑う。

「ヴィオレット様！　りんごですよ！」

ジェシカ達三姉妹と、スザンナとケビンの親子が拍手をする。村長とグランベール男爵が顔を見合わせて笑う。他の村人達も歓声を上げた。

ヴィオレットは、そんなみんなの姿を嬉しそうに眺めていた。

「それにしても凄いわ。こんな立派なりんごの木！」

「この状態を維持する魔法もかけたから、りんごをもぎ取ったらすぐに次のりんごが出てくるよ」

「凄いわ！　リル、ありがとう！」

そう言って、ヴィオレットはリルを抱きしめる。伝わる体温と柔らかさ。いい匂いもする。ヴィオレットに抱きしめられると、リルはとても幸せな気分になるのだった。

それから、みんなでりんごを取って食べた。カットしたものは、ペンションのお客様へのお裾分《すそわ》け。

ケビンは一人で三つも食べて、ジェシカに怒られていた。

次の日。リルとヴィオレットは、ペンションのレストランにいた。お昼の営業を終えたレストランは、夜の営業の準備が始まるまでしばしの休憩時間だ。

そのレストランのテーブルに、リルとヴィオレット、コックのジェームズが座っている。

「ジェームズ、貴重な休憩時間を邪魔してごめんね」

「何を仰《おっしゃ》います、ヴィオレット様。今日はいかがされたのですか？」

「実はね」

ヴィオレットは、取ってきたりんごをテーブルに置いた。

「レストランのメニューに、デザートを加えたいの」

「デザートですか？」

「ええ。このりんごを使って作る、アップルパイよ」

りんごを手に取り、匂いを嗅ぐジェームズ。

「お懐かしい。奥様……クラウディア様は、厨房でアップルパイをお作りになる時、味見と称して、厨房で働く者にもアップルパイを分けてくださったのです。そのアップルパイの美味しさといったら、今でもこの舌がよく覚えております」

「そうだったのね。私もお母様のアップルパイが大好きだったわ。市場へ行って驚いたの。果物ってこんなに値が張るんだって。りんご一つで銅貨8枚もしたのよ。だけど、リルのお陰で、上等なりんごが無料で手に入るようになったの。りんごが無料なら、手頃な価格でアップルパイを提供出来るでしょ？　私はね、ジェームズ。アップルパイの美味しさを、オリバー村に来てくれるたくさんのお客様にも味わってほしいのよ」

「いいですね、アップルパイ。私も、じゃがいも料理の他に、何か甘いものを提供できたらと思っていたところです」

「ただね、アップルパイは作るのにかなりの手間がかかるでしょ。それに、厨房にオーブンは一つしかない。ジェームズ一人では手が足りないわ」

「そうですね。人を雇うなり何なり、対策を考えなければなりませんね」

ヴィオレットとジェームズが、どうしたものかと考え始めた時だった。

「それなら、わしに良い案がある」

現れたのは、グランベール男爵だった。

「お父様！　どうしたんですか？」

「いやな。小腹が空いたものでな、揚げポテトでも余っていないかと思って来たんじゃ」

「お父様ったら！」

「すまんすまん」

「ところで、良い案って何です？」

「クラウディアの侍女だったマリアを覚えているか？」

「もちろんです。私もローゼマリーもマリアのことが大好きだったわ」

「クラウディアがアップルパイを作る時、いつも横で手伝っていたマリアは、クラウディアのアップルパイの作り方を知っている。そのマリアが、グランベール邸の次に勤めていた屋敷を辞めて、仕事を探しているらしい。王宮で働くエドワードが、たまたま街でマリアに会って聞いたそうだ。そこで、マリアにオリバー村に来てもらい、アップルパイ職人として働いてもらうのはどうだろうか？　グランベール邸の厨房にもオーブンはあるから、アップルパイ作りは、グランベール邸の厨房を使えばよいのではないか？」

「良い考えですね！　グランベール邸のオーブンは、お土産とウエルカムドリンクと一緒に出すラベンダークッキーを焼く時以外は殆《ほとん》ど使いませんから」

「ジェームズはどう思う？」

「私もとても良い考えだと思います。マリアさんは親切な方で、とても良くして頂きました。きっと上手《うま》くやっていけるでしょう」

「それでは決まりだな。早速マリアに手紙を書こう」

こうして、グランベール伯爵家の元侍女、マリア・クローリーが、アップルパイ職人としてオリバー村にやってきた。

数日後、アップルパイの試食会が、グランベール邸の食堂で行われた。

「美味しい！」

「パイ生地がさっくさく！」

「りんごがしっとりして、甘さがちょうどいいわ」

「それに、シナモンの良い香り！」

アップルパイは、村人達に大好評だ。ヴィオレットが呟く。

「この味、お母様のアップルパイの味よ。ローゼマリーにも食べさせたいわ」

リルが尋ねた。

「あいの味する？」

「ええ、するわ。これが私の愛の味よ」

マリアのアップルパイは、オリバー村のレストランの人気メニューになったのだった。


それから少し経ったある日。

食堂にいたリルに、ヴィオレットが言った。

「リル、今日はアップルパイが三切れも売れ残ったんですって。いつも完売になるのにね。マリアが、私達で食べてって置いていってくれたのよ」

「三切れ？　じゃあ、ヴィオレットとおじさんとリルで、一切れずつ食べられるの？」

「そうよ」

「あれ？　おじさんは？」

「お父様は、ローゼマリーにアップルパイを食べさせたいって、アップルパイ一切れ持って出かけて行ったわ。さあ、温かいうちに食べましょう」

「うん！　うーん、さくさく！」

「ふふふ。あっ！　今日は良いものがあるんだった」

「良いもの？」

「これよ。アイスクリーム！」

「あいす……くりーむ？」

「商店の経営者のバーグマンさんが、珍しいものが手に入ったと分けてくれたのよ。みんなにも食べさせたいけどみんなの分はないから、リルと私の二人だけの秘密ね」

ヴィオレットは、リルのお皿のアップルパイの上にアイスクリームをのせた。

「う〜ん!!」

「とろける〜!!」


リルは知っている。

ヴィオレットが、大きい方のアップルパイを、リルのお皿にのせてくれたことを。

アイスクリームを、リルのお皿に沢山のせて、自分の皿にはほんのちょっとしかのせていないことを。


（アップルパイは、あいの味）

愛とは何か、ほんの少しだけわかった気がするリルなのであった。

あとがき

「だから、私言ったわよね？　～没落令嬢の案外楽しい領地改革～」をお手に取って下さりありがとうございます。

はじめまして。作者のみこみこと申します。

ヴィオレットの案外楽しい領地改革、楽しんで頂けましたでしょうか？

本作は「小説家になろう」で公開している作品です。本作の前に投稿した作品が少し暗いストーリーだったので、次の作品の主人公は明るくてへこたれない、ひたすら前向きな女の子にしようと決め、生まれたのが主人公ヴィオレットです。

そして、元々は家族で領地改革をするお話だったので、リルは登場する予定ではありませんでした。ラベンダーが1年中咲くように出来ないかな？　そうだ、魔法だ！　どうせなら可愛い魔女っ子がいたらいいな！　という安易な発想（？）から魔女見習いのリルが誕生しました。

リルと同じ様に当初の予定ではテオも存在しませんでした。「小説家になろう」に投稿する際、作品カテゴリーをハイファンタジーにすればいいのかローファンタジーにすればよいのかわからず、異世界（恋愛）にしてしまえと登場させたのがヴィオレットのお相手テオ・スカルスゲルドです。

結果としてお茶目なカルロやシャーリー宝石店の人々も登場することになり、ヴィオレットには頼もしい仲間がどんどん増えていきました。

本作が初めての書籍出版ということで、右も左もわからず、てんやわんやしながらも、担当編集者T様に助けて頂きながら、何とか形にすることが出来ました。

素敵なイラストを描いて下さった匈歌ハトリ先生、ずぶの素人の私を導いて下さった担当編集者T様、素晴らしい機会を与えて下さったGAノベル様、本作の出版に尽力して下さった全ての皆様、本当にありがとうございます。

そして、たくさんの書籍の中から「だから、私言ったわよね？　～没落令嬢の案外楽しい領地改革～」をお手に取って下さった読者様に、心から感謝申し上げます。ありがとうございます。

みこみこ

GAノベル

だから、私言ったわよね？
～没落令嬢の案外楽しい領地改革～

2025年2月28日　初版第一刷発行

著者　みこみこ

発行者　出井貴完

発行所　SBクリエイティブ株式会社
〒105-0001　東京都港区虎ノ門2-2-1

装丁　AFTERGLOW

印刷・製本　中央精版印刷株式会社

ISBN978-4-8156-3075-1
Printed in Japan

ファンレター、作品のご感想をお待ちしております。

〒105-0001　東京都港区虎ノ門2-2-1
SBクリエイティブ株式会社
GA文庫編集部 気付

「みこみこ先生」係
「匈歌ハトリ先生」係

本書に関するご意見・ご感想は
下のQRコードよりお寄せください。
※アクセスの際に発生する通信費等はご負担ください。

https://ga.sbcr.jp/

試読版は
こちら!

S級冒険者が集う酒場で一番強いのはモブ店員な件
～異世界転生したのに最強チートもらったこと全部忘れちゃってます～

著：徳山銀次郎　画：三弥カズトモ

GA文庫

「あの店員、一体何者なんだ……」

見知らぬダンジョンの最奥で目覚めた元居酒屋店員のアミトは、記憶喪失で忘れてしまっていた――異世界転生して桁外れのステータスと最強のチート能力を得ていたことを。自力で危険なダンジョンを脱出したアミトは、偶然出会った酒場の店主ロッテに見込まれ、S級冒険者が集う酒場で働くことに。前世の経験を活かし、S級冒険者ともすぐに顔馴染みになったアミトは彼らの依頼も手伝い始めるのだが……歴戦のS級冒険者でも苦戦する依頼を楽々と解決していき――「僕は普通にしてるだけなんですけど……」

自分が最強だと忘れたまま始まる少年の無自覚無双劇、ひっそり開幕！

試読版は
こちら!

異世界賢者の転生無双９
～ゲームの知識で異世界最強～
著：進行諸島　画：柴乃櫂人

GAノベル

古代の遺物「エンチャント・シャフト」を手に入れたエルドは、その真の力を開放するため帝国領に現存する「付与の祭壇」を目指す。

帝国からの刺客を次々と退《しりぞ》け、ようやく遺跡にたどり着いたエルドだったが、そんなエルドの動きを察知した最強の精鋭部隊「帝国諜報部」が動き出した――！

「マジック・チェーン、接続」

帝国の最精鋭でさえも凌駕する圧倒的な力！　新たな力を得たエルドに死角はなく、最強の敵部隊をもことごとく殲滅していく――!!

最高峰の知識と最強の知謀を有する賢者エルドはさらなる高みに向かって飛翔する――！

試読版は
こちら!

試読版は
こちら!